A Volta do Parafuso

Henry James

TEXTO INT

2ª Ediç

Tradução:
Luciano Alves Meira

Dados Internacionais de Catalogação na Publicação (CIP)
(Câmara Brasileira do Livro, SP, Brasil)

James, Henry, 1843-1916.
A volta do parafuso ; texto integral / Henry James ; tradução Luciano Alves Meira. 2. ed. -- São Paulo : Martin Claret, 2006. -- (Coleção a obra-prima de cada autor ; 244)

Título original: The turn of the screw.
ISBN 85-7232-719-3

1. Romance norte-americano. I. Título. II. Série.

06-9098 CDD-813

Índices para catálogo sistemático:

1. Romances : Literatura norte-americana 813

COLEÇÃO A OBRA-PRIMA DE CADA AUTOR

A Volta do Parafuso

Henry James

TEXTO INTEGRAL

MARTIN CLARET

CRÉDITOS

Título original em inglês: *The Turn of the Screw* (1898)

Idealização e Coordenação
Martin Claret

Assistente Editorial
Rosana Gilioli Citino

Capa
Ilustração
Marcellin Talbot

Miolo
Revisão
Eveline Denardi
Marcos Ribeiro da Silva

Tradução
Luciano Alves Meira

Projeto Gráfico
José Duarte T. de Castro

Editoração Eletrônica
Editora Martin Claret

Impressão e Acabamento
PSI7

Editora Martin Claret Ltda. – Rua Alegrete, 62 – Bairro Sumaré
CEP: 01254-010 – São Paulo - SP
Tel.: (0xx11) 3672-8144 – Fax: (0xx11) 3673-7146
www.martinclaret.com.br / editorial@martinclaret.com.br

Agradecemos a todos os nossos amigos e colaboradores — pessoas físicas e jurídicas — que deram as condições para que fosse possível a publicação deste livro.

IMPRESSO – 2012

INTRODUÇÃO

A *Volta do Parafuso* é uma novela psicológica e de mistério e vitoriana e de impossível definição única, como costuma acontecer às grandes obras de arte, sempre multifacetas, ricas de possíveis leituras. Trata-se da relação de duas crianças e uma governanta em uma mansão afastada de Londres, às margens de um lago. Ocorrem, então, certas "aparições" — ao que consta, de dois ex-empregados, já mortos, responsáveis pela educação das crianças tempos atrás. As visões muitas vezes acontecem à luz do dia — e a luz do dia em nada tira o espanto, a surpresa, a presença do mistério — e são testemunhadas apenas pela governanta, mas ela passa a crer em outra percepção: a de que as crianças também as testemunham.

A Volta do parafuso é uma metáfora; é o parafuso da tensão, da emoção, da aflição interna que se vai apertando e esgarçando os nervos. Aperta e revela: pressão que, a cada rotação dada, age sobre "muitas coisas das camadas mais profundas", como diz a personagem-narradora, e faz que tais camadas se abram, se deixem entrever ainda que de modo obscuro e subjetivo — subjetivo porque tudo nos chega pelo enfoque único da governanta e porque cada leitor terá uma compreensão muito particular dos efeitos dessa subjetividade.

Henry James nasceu em Nova York em 1842, mas ao morrer, em 1916, havia se tornado cidadão britânico. Seu estilo extremamente "elegante" (não me vem outra palavra) e a guerra educada que sabe cultivar tão bem nos diálogos e nas relações entre os personagens, parecem fazer dele um escritor ideal para o refinamento e humor cínico pelos quais os ingleses são famosos. Ou, o que é mais provável, sua literatura soube ressaltar tais características e explorar o comportamento britânico como, acredito, escritor nenhum foi capaz — e explorando-o com tamanha intensidade a ponto de o resultado ser interessante a qualquer habitante de qualquer outra cultura.

A novela se assemelha a um conto de Machado de Assis (aliás, contemporâneo de Henry James). O conto é *O Espelho* e tanto um como a outra tratam da narração de um personagem dentro da narração de outro personagem (o relato da governanta é a leitura de um outro personagem para alguns poucos interessados em uma reunião). Em ambos retrata-se um ambiente isolado, no interior, afastado dos centros urbanos, e ambos possuem uma atmosfera carregada, introspectiva, solitária mas eletrizante, em que se sonda a compreensão da alma humana e em que se tateia um entendimento mais profundo das situações em que se encontram. Em determinado momento a personagem declara: Tudo, porém, permanecia solitário e vazio, enquanto eu continuava imperturbável — se é que se pode chamar de imperturbável uma mulher cuja sensibilidade havia, do modo mais extraordinário, não declinado, porém se aprofundado. Os escritos de Henry James são esse movimento "se aprofundando", pelo qual, com extrema perícia de cirurgião (do modo mais extraordinário), suas frases de bisturi vão escarafunchando continuamente os caminhos do raciocínio, dos sentimentos, das relações humanas, como se fossem antes um polimento pelo qual a sensibilidade do leitor se aguça. "Mas as pobres crianças tudo negavam com a força acrescentada da sua ternura e sociabilidade, de cujos abismos cristalinos — tal o lampejo cor de prata de um peixe na torrente — espiava ironicamente a vantagem que tinham sobre mim." As palavras de Henry James são esse lampejo, ou melhor: atuam de forma que a nossa mente produza lampejos em si mesma, descobrindo a própria luminosidade de que é feita — essa cor de prata do dorso de um peixe que na bagunça da torrente pouco a pouco e cada vez mais vem à tona, vem se revelando à luz. Para o cinema o livro serviu de base a duas versões. A primeira e mais famosa é de 1961, com Deborah Kerr e direção de Jack Clayton; intitula-se *Os Inocentes* (The Innocents). A segunda, pouco conhecida, é de 1972 e traz Marlon Brando no papel de Quint; foi dirigida por Michael Winner e se chama *Aqueles que Chegam com a Noite* (The Nigthcomers).

A Volta do Parafuso

A história, contada em torno da lareira, havia nos deixado suficientemente sem fôlego, mas, exceto pela óbvia observação de que era horrendo, como deveria essencialmente ser um conto estranho, narrado numa noite de Natal, em um antigo casarão, não me lembro de comentário algum, até que alguém resolveu dizer que se tratava do único caso conhecido em que uma aparição dessas havia ocorrido a uma criança. O caso, devo mencionar, era aquele a respeito de uma aparição num casarão tão velho quanto esse em que havíamos nos reunido para a ocasião — uma aparição de um tipo apavorante, vista por um menino que dormia no quarto com sua mãe, e que a despertou aterrorizado. Ele não a acordara para dissipar o seu medo, para acalmá-lo novamente, pois ela, antes que o tivesse conseguido, encontrou-se diante da mesma visão que o havia abalado. Foi essa observação que fez que Douglas fornecesse não de imediato, porém mais tarde, naquela noite, uma resposta que teve interessante conseqüência para a qual chamo a atenção. Quando uma outra pessoa contou uma história que não era das mais interessantes, percebi a sua total desatenção. Tomei essa atitude como um sinal de que ele tinha algo novo a dizer e que deveríamos apenas esperar mais um pouco. Ele nos fez esperar, realmente, mais duas noites; mas naquela mesma ocasião, antes que nos dispersássemos, falou-nos do que se passava em sua mente.

— Concordo inteiramente — em relação ao fantasma de Griffin, ou o que quer que fosse — que o fato de aparecer primeiramente ao menino, numa idade tão tenra, adiciona um toque especial. Mas não é a primeira ocorrência desse gênero fascinante que ouço, envolvendo

uma criança. Se uma criança faz dar outra volta ao parafuso, o que vocês diriam de duas?

— Dizemos, é claro — alguém exclamou — que elas darão duas voltas! E também que desejamos ouvir o que nos tem a dizer sobre elas.

Posso ver Douglas ali, diante da lareira, quando ele se levantou para aquecer as costas, olhando nos olhos do seu interlocutor, com suas mãos nos bolsos.

— Ninguém além de mim, até hoje, já ouviu esta história. É horrenda em demasia.

Isso conferia à história o seu valor extremo, foi o que se ouviu declarado por várias vozes. Nosso amigo, com silenciosa destreza, preparou o seu triunfo quando voltou os seus olhos para o resto de nós e continuou:

— É algo que excede o comum. Nada que conheço se compara ao caso.

— Em virtude do completo terror? — lembro-me de ter perguntado.

Ele parece ter dito que não era assim tão simples de definir; que estava realmente com dificuldade de qualificar a história. Passou a mão sobre os olhos, fez um pequeno gesto de estremecimento.

— Por ser apavorante, muito apavorante!

— Oh, que delicioso! — gritou uma das mulheres.

Ele nem sequer a notou; e olhou para mim, como se visse, em vez de mim, aquilo sobre o qual estava falando.

— Pela monstruosidade geral, pelo horror e pela dor.

— Bem, então — eu disse — sente-se logo e comece.

Ele se virou para a lareira, chutou um toco de lenha, olhou para ele durante algum tempo. Então, quando nos olhou outra vez, disse:

— Não posso começar. Tenho de ir até a cidade.

Houve um lamento unânime após essa declaração, e muitas censuras; depois do que, do seu jeito preocupado, ele explicou:

— A história está escrita. Acha-se dentro de uma gaveta trancada. Há muitos anos não é retirada de lá. Eu poderia escrever para o meu empregado e mandar a chave com a carta; ele poderia enviar o pacote quando conseguir encontrá-la.

Era a mim, em particular, que ele parecia lançar tal proposta — parecia quase apelar por auxílio, a fim de que não hesitasse. Ele havia quebrado uma formação de gelo muito densa, resultado de muitos invernos; tinha suas razões para um silêncio prolongado. Os outros se ressentiram pelo adiamento, mas foram apenas os seus escrúpulos que haviam me encantado. Eu o incitei a escrever na primeira oportunidade e a combinar conosco que poderíamos ouvir a história assim que ela chegasse; em seguida, perguntei-lhe se a experiência em questão havia acontecido com ele. A essa pergunta, respondeu imediatamente:

— Oh, graças a Deus, não!

— E o relato foi feito por você? Foi você quem o escreveu?

— Fiquei apenas com a impressão. Guardei-a aqui — disse batendo no próprio coração. — Jamais me esqueci.

— Então, o seu manuscrito...?

— Está anotado com uma tinta antiga, apagada, e com a mais bela letra.

Ele mexeu no fogo outra vez.

— A caligrafia de uma mulher. Ela morreu há vinte anos. Enviou-me as páginas antes de morrer.

Todos ouviam-no agora, e é claro que havia alguém para expressar alguma malícia, ou para arrancar, a qualquer preço, uma dedução. Mas, se ele apresentou a dedução sem um único sorriso, o fez, também, sem nenhuma irritação.

— Ela era uma pessoa muito encantadora, mas dez anos mais velha do que eu. Era a governanta de minha irmã — disse em voz baixa. Foi a pessoa mais agradável que já conheci no desempenho de sua função; teria sido digna de qualquer ocupação. Isso faz muito tempo, e o episódio deu-se bem antes dessa ocasião. Naquela época eu estava em Trinity, e encontrei-a em casa, durante a segunda temporada de verão que passei em casa. Fiquei muito tempo ali naquele ano — foi um verão maravilhoso; passeamos e tivemos algumas conversas no jardim em que ela me surpreendeu com a sua inteligência e simpatia. Oh, sim, não riam: eu gostava demais dela e estou contente até hoje em pensar que ela também gostava de mim. Se não gostasse, jamais teria me contado a história. Nunca tinha contado o caso a ninguém. E não era apenas porque ela me dizia isso que eu acreditava. Eu tinha certeza de que nunca dissera nada.Vocês facilmente julgarão o mesmo quando ouvirem a história.

— Por que o assunto foi tão assustador?

Ele continuou a olhar-me.

— Você facilmente julgará — repetiu. — Você verá.

Olhei fixamente nos olhos dele.

— Já sei. Ela estava apaixonada.

Ele então riu pela primeira vez.

— Como você é perspicaz! Sim, ela estava apaixonada. Isto é, tinha estado. Isso veio à tona — ela não podia contar a sua história sem que isso ficasse evidente. Percebi-o, e ela notou que eu o percebi. Lembro-me da data e do lugar — no canto do gramado, à sombra das grandes faias e a longa e quente tarde de verão. Não era uma cena para se temer, mas, oh...!

Ele se afastou o fogo e sentou-se em sua cadeira.

— Receberá o pacote na quinta-feira, pela manhã? — perguntei.

— Provavelmente na segunda remessa de correspondência.

— Então, que seja após o jantar...

— Estarão todos comigo aqui? — olhou-nos novamente. — Ninguém vai embora? — disse em um tom quase de esperança.

— Todos ficaremos!

— Eu ficarei... e eu também — exclamaram as moças que já tinham anunciado sua partida.

A Sra. Griffin, contudo, expressou a necessidade de mais esclarecimentos.

— Por quem ela estava apaixonada?

— A história o revelará — respondi.

— Oh, mal posso esperar.

— A história não o revelará — disse Douglas. — Não de um modo literal e vulgar.

— Que pena. Esse é o único modo pelo qual consigo compreender.

— Mas, você não vai contar, Douglas? — alguém inquiriu.

Ele ergueu-se rapidamente.

— Sim — amanhã. Agora preciso ir para a cama. Boa noite.

E, rapidamente, pegando um candelabro, deixou-nos levemente perplexos. Da extremidade em que estávamos, no grande corredor sombrio, ouvimos os seus passos na escada. Nesse momento a Sra. Griffin disse:

— Bem, se não sei por quem ela estava apaixonada; por quem ele estava eu sei.

— Ela era dez anos mais velha — observou seu marido.

— Raison de plus...

— Naquela idade! Mas a sua discrição é certamente muito bela.

— Quarenta anos! — acrescentou Griffin.

— E esse desabafo afinal!

— O desabafo — repliquei — fará da noite de quinta-feira uma ocasião formidável.

Todos concordaram comigo, e, à luz desse fato, perdemos a

atenção para tudo mais. A última história, embora incompleta como se fosse a mera abertura de uma série, havia sido contada. Então, trocando apertos de mão e aquilo que alguém denominou "cumprimentos de castiçais", fomos dormir.

Sei que, no dia seguinte, uma carta contendo a chave seguiu, na primeira postagem de correspondência, para o apartamento dele, em Londres. Mas apesar, ou talvez em decorrência da difusão eventual daquela informação, nós o deixamos sozinho após o jantar, até uma determinada hora da noite que de fato conviria ao tipo de emoção na qual as nossas esperanças estavam fixadas. Então ele se mostrou tão comunicativo quanto poderíamos desejar, e realmente nos deu uma boa razão para permanecer assim. Nós o ouvimos no salão, em frente à lareira, tal como havíamos ficado levemente assombrados na noite anterior. Parecia que a narrativa que ele havia prometido ler exigia, para uma compreensão adequada, algumas palavras introdutórias. Devo informar que a narrativa, extraída de uma transcrição feita por mim muito mais tarde, é a que lerei daqui a pouco. Pobre Douglas! Antes de sua morte — quando isso já era iminente — confiou-me o manuscrito que lhe chegara no terceiro daqueles dias e que, no mesmo lugar, com grande efeito, começou a ler para o nosso pequeno círculo silencioso na noite do quarto dia. As moças que haviam declarado ficar não permaneceram, graças a Deus, elas se foram, em conseqüência de arranjos previamente feitos, cheias de curiosidade, como confessaram, produzida pelos pormenores com os quais ele já nos havia preparado. Mas isso apenas contribuiu para fazer que a sua pequena audiência ficasse ainda mais compacta e seleta, unida, próxima à lareira, sujeita à expectativa.

O primeiro desses pormenores indicou que a narrativa escrita partiu de um ponto da história, já iniciada. O fato que se devia ter em mente, portanto, era o de que sua velha amiga, a mais jovem de diversas filhas de um pobre pároco rural, aos vinte anos, à procura de seu primeiro emprego como preceptora, viera a Londres, agitada, para atender pessoalmente a um anúncio que já a tinha colocado em breve contato com o anunciante. Quando se apresentou para ser avaliada, numa casa da rua Harley — que a impressionou por ser tão grande quanto imponente — o patrão em potencial demonstrou ser um cavalheiro, um solteirão no auge da vida, uma tal personalidade que jamais surgira antes, exceto em sonho ou em um velho romance, perante os olhos de uma moça trêmula e ansiosa, recém-saída de uma paróquia de Hampshire. Era fácil adivinhar o perfil desse homem; felizmente, é o tipo de perfil de que nunca nos esquecemos. Era belo, corajoso e agradável, prestativo, alegre e gentil. Ele a impressionou, inevitavelmente, como alguém galante e esplêndido, mas o que mais a seduziu e deu a ela a coragem mais tarde demonstrada foi a maneira pela qual lhe ofereceu o emprego como se fosse uma espécie de favor que ela lhe concederia, uma obrigação contraída com ela, que seria paga com imensa gratidão. Ela o concebeu como alguém rico, mas assustadoramente extravagante. Viu-o como que envolto numa aura de elegância, de beleza, de hábitos refinados, de modos encantadores no relacionamento de as mulheres. Ele possuía na cidade uma casa enorme, repleta de recordações de suas viagens e troféus de caça. Mas foi para a sua casa de campo, uma antiga residência da família, em Essex, que ele a enviou imediatamente.

Com a morte dos pais na Índia, ele havia recebido a guarda de duas crianças: um sobrinho e uma sobrinha, filhos de um irmão mais novo, um militar que havia falecido fazia dois anos. Essas crianças eram, pela mais estranha das sortes a um homem em sua posição social — solitário, sem a experiência apropriada ou um único resquício de paciência — um pesado fardo. Tudo havia se tornado uma grande preocupação e, sem dúvida de sua própria parte, havia cometido uma série de erros. O tio sentia uma pena imensa das pobres criancinhas e havia feito por elas tudo o que estava ao seu alcance. Enviou-as para a sua outra residência, sendo o campo o lugar mais apropriado para elas, é claro, e mantendo-as ali, inicialmente, sob os cuidados das pessoas mais habilitadas que pode encontrar para esse fim, mandando para lá os seus próprios criados, e indo pessoalmente quando possível, para ver de perto o desenvolvimento das crianças. O inconveniente é que apenas nisso se resumia o seu relacionamento com elas, já que suas ocupações deixavam-no praticamente indisponível. Ele havia instalado os dois em uma propriedade sua localizada em Bly, que era saudável e segura, e havia escolhido para a supervisão do pequeno estabelecimento — em relação aos deveres domésticos apenas — uma mulher excelente, a Sra. Grose, pessoa que tinha certeza de que ela iria gostar, e que havia sido a criada de sua mãe no passado. A Sra. Grose fazia o papel da governanta incumbida de cuidar da menina, à qual, por não ter filhos, era felizmente muito apegada. Havia muitos serviçais para ajudá-la, mas, obviamente, a jovem que che-

garia como nova governanta passaria a ocupar a posição de autoridade suprema. Ela teria também, nos feriados, de cuidar do menininho, que havia pouco tempo estava freqüentando uma escola — tão novo ainda para ser enviado ao colégio, mas o que poderia ser feito? Com a aproximação dos feriados, o menino poderia retornar a qualquer momento. Já havia estado com as duas crianças uma outra jovem que eles tiveram a infelicidade de perder. Ela havia desempenhado um admirável serviço a ambos. Era uma pessoa muito responsável — até a sua morte — o que de pior podia acontecer, pois não deixou outra alternativa a não ser enviar o pequeno Miles para o colégio. A Sra. Grose, desde então, de todos os modos e maneiras, havia feito tudo o que podia pela pequena Flora. E havia, além dela um cozinheiro, uma faxineira, uma ama-de-leite, um velho pônei, um velho que cuidava da estrebaria e um velho jardineiro, todos igualmente muito respeitáveis.

Douglas havia narrado a história até esse ponto quando alguém fez uma pergunta:

— E como foi que a outra jovem governanta faleceu? De excesso de idoneidade?

A resposta foi imediata:

— Isso será revelado. Não contarei antes da hora.

— Desculpe-me — pensei que era isso, exatamente, o que você estava fazendo...

— No lugar de sua sucessora — sugeri — eu teria desejado saber se o emprego implicaria...

— Risco inevitável da morte? — Douglas completou meu pensamento. — Ela realmente quis saber, e soube. Amanhã lhes direi. Enquanto isso, a expectativa caía sobre ela de modo levemente assustador. Ela era jovem, inexperiente, nervosa; tinha pela frente a perspectiva de sérios deveres, e grande solidão. Ela hesitou — passou alguns dias refletindo sobre o assunto. Mas o salário oferecido excedia em muito os seus modestos padrões, e, numa segunda entrevista, decidiu assumir o compromisso e aceitou a proposta.

E Douglas, após esse relato, fez uma pausa que, para o benefício do grupo, fez que eu observasse...

— O que significa, obviamente, que o poder de sedução exercido pelo esplêndido jovem funcionou. Ela sucumbiu aos encantos dele.

Ele se levantou e, tal como fizera na noite anterior, dirigiu-se à lareira, mexeu na posição de um pedaço de lenha empurrando-o com o pé, depois ficou parado, por um momento, de costas para nós.

— Ela só o viu duas vezes.

— Sim, mas essa é exatamente a beleza de sua paixão.

Para a minha surpresa, nesse momento Douglas virou-se em minha direção.

— Era realmente essa a beleza. Havia outras candidatas à vaga que não haviam sucumbido — continuou. — Ele lhe expôs francamente toda a dificuldade que para diversas pretendentes ao cargo as tinham sido condições proibitivas. Elas estavam, de algum modo, simplesmente temerosas. Parecia algo deprimente, estranho; e mais ainda em virtude da principal condição que ele apresentava.

— Qual era...?

— Que ela jamais deveria incomodá-lo — seja por qual motivo, nem pedir auxílio, reclamar ou escrever sobre coisa alguma; mas deveria apenas resolver todos os problemas sozinha, receber o dinheiro necessário por um procurador, assumir todas as responsabilidades e deixá-lo em paz. Ela prometeu agir assim, e contou-me que quando, por um momento, livre do fardo, maravilhado, ele segurou suas mãos, agradecendo-lhe pelo sacrifício, ela, naquele instante, sentiu-se recompensada.

— Mas foi essa a sua única recompensa? — uma das moças perguntou.

— Ela nunca o viu novamente.

— Oh! — exclamou a moça.

E, como nosso amigo imediatamente nos deixou mais uma vez, foi essa a única palavra que contribuiu de forma importante para o assunto, até que, na noite seguinte, próximo ao canto da lareira, sentado na melhor poltrona, ele abriu o pequeno álbum de capa vermelha, desbotada, com cantoneiras douradas, à moda antiga. A leitura inteira durou, de fato, mais uma noite, mas, na primeira ocasião, a mesma moça fez uma outra pergunta:

— Qual é o título da história?

— Não dei título algum.

— Oh, eu tenho um — afirmei.

Mas Douglas, sem atender-me, tinha já começado a ler com uma clareza elegante, como se transmitisse aos nossos ouvidos a beleza da letra da autora.

CAPÍTULO I

Lembro-me desse começo como uma sucessão de altos e baixos, um vaivém de emoções dispersas. Depois do entusiasmo ao atender ao pedido dele na cidade, tive, sob todos os aspectos, alguns dias terríveis. Vi-me cheia de dúvidas outra vez. Estava certa de que havia cometido um erro. Nesse estado de espírito, passei as longas horas da viagem de sacolejos e solavancos na diligência que me levou até uma parada em que um veículo da casa viria me buscar. Essa conveniência, disseram-me, havia sido arranjada, e encontrei, quando aquela tarde de junho terminava, uma carruagem espaçosa esperando por mim. Viajar àquela hora, num dia adorável, atravessando uma paisagem cuja doçura de verão parecia oferecer-me uma amigável acolhida, renovou as minhas energias, e quando entramos numa alameda, senti-me mais fortalecida, o que era tão-somente a prova do quanto minhas emoções andavam combalidas. Eu havia esperado, ou temido, algo tão melancólico que aquilo com que deparei foi uma grata surpresa. Lembro-me, como uma das mais agradáveis impressões, da ampla e iluminada fachada, das suas janelas bem abertas, as cortinas novas e das duas criadas que me aguardavam. Lembro-me do gramado das flores cintilantes, do ruído das rodas sobre o cascalho, e dos cachos que surgiam nas copas das árvores, sobre as quais as gralhas voavam em círculo, grasnando sob o céu dourado. O cenário tinha uma grandeza que o fazia bem diferente do modesto local de onde eu provinha. Ali, à porta, imediatamente apareceu, com a pequena menina em seus braços, uma pessoa que nos recebeu, demostrando a mesma mesura que se espera na recepção de uma dama ou de uma visitante ilustre. Em Harley Street eu havia recebido uma noção bem mais vaga a respeito do local, e aquela impressão, recordo-me, fez-me pensar no proprietário como alguém que é mais do que um cavalheiro, sugerindo que o que me estava reservado seria algo muito além do que ele deixara entrever.

Não tive qualquer desencanto até o dia seguinte, pois fui tomada por um sentimento de triunfo nas horas que se seguiram ao meu encontro com a jovem pupila. A garotinha que acompanhava a Sra. Grose mostrou-se de imediato uma criança tão encantadora que me fez sentir a felicidade que era estar encarregada de cuidar dela. Era a mais linda criança que eu já vira, e mais tarde, fiquei curiosa em saber por que o meu patrão não havia falado mais sobre a menina. Dormi pouco aquela noite — estava agitada demais; surpreendeu-me igualmente, recordo-me, a generosidade com que estava sendo tratada. O quarto grande e impressionante — um dos melhores da casa — a grande cama luxuosa, como eu a considerei, as cortinas estampadas, os altos espelhos nos quais, pela primeira vez, pude ver-me da cabeça aos pés, tudo me fascinava. Como o encanto extraordinário da minha pequena pupila tudo era, de fato, encantador. Ficou claro, desde o primeiro momento, que eu teria com a Sra. Grose um relacionamento distinto daquele que me deixava apreensiva, durante a viagem, na digilência. O único motivo que, de fato, nesse primeiro encontro, poderia ter me feito recear, era a óbvia felicidade que exprimia ao me recepcionar. Percebi, em meia hora, que estava muito alegre — era uma mulher forte, simples, direta, asseada, íntegra, que tentava não demonstrar seu entusiasmo. Desejei saber por que ela evitava demonstrá-lo e, caso continuasse refletindo sobre minhas suspeitas, poderia, é claro, sentir-me inquieta.

Mas era consolador saber que não poderia haver desconforto sobre algo tão beatífico quanto a imagem radiante de minha garotinha. Sua beleza angelical tinha provavelmente sido a razão maior de uma inquietude que, antes do amanhecer me fez levantar diversas vezes e andar pelo quarto, para enxergar uma perspectiva mais completa e assistir, através de minha janela aberta, ao esmaecer da aurora de verão. Eu queria observar os cômodos das outras áreas da casa, à medida que escutava, nas sombras que se dissipavam, o chilrear dos primeiros pássaros, e acreditava que a recorrência de um ou mais sons menos naturais não vinham de fora da casa, mas de dentro. Em certo momento, pensei ter reconhecido, fraco e distante, o grito de uma criança. E houve outros sons, os quais comecei a registrar em minha consciência, de leves passos atrás da porta. Mas essas cismas não eram tão acentuadas para que eu não as pudesse esquecer, e, é somente à luz, ou à sombra, dos fatos subseqüentes, que retomaram à minha lembrança. Vigiar, ensinar, "formar" a pequena Flora seria sem dúvida uma vida útil e feliz. Ficara acertado lá embaixo que, depois de nosso primeiro encontro, ela dormiria em meus aposentos, e a pequena cama branca já havia sido colocada no meu quarto para essa finalidade. Eu havia assumido total responsabilidade por ela, que permanecera, só mais uma última noite, com a Sra. Grose, em consideração à minha inevitável estranheza com a casa e a timidez natural da menina. A despeito dessa timidez — que a menina, de modo singular admitia, com franqueza e bravura, sem o menor sinal de mal-estar, e a doce serenidade de um anjo de Rafael, discutindo-a e assumindo-a como sua responsabilidade — eu estava convicta de que a garota realmente gostaria de mim. A Sra. Grose demonstrava um prazer evidente, que já me fizera gostar dela, constatando o meu deslumbramento, ao sentar-me para jantar, diante de quatro altos candelabros e ao ver minha pequena discípula acomodada numa cadeira alta, com um babadouro, olhando para mim, com seu olhar radiante sobre o pão e o leite. Havia coisas que, é claro, na presença de Flora, somente podíamos nos referir de modo mais obscuro, como os olhares satisfeitos e significativos que trocávamos.

— E o menino, se parece com ela? Também é uma criança tão notável?

Nunca se devia elogiar uma criança!

— Oh, senhorita! Notabilíssimo, se é isso que a senhora pensa da menina!

E ela ficou parada ali, com o prato na mão, sorrindo para a nossa companheirinha, que olhava ora uma de nós ora outra, com olhos plácidos e celestiais, sem emitir nenhum sinal de desconfiança.

— Pois bem, se eu achar que...

— Vai ficar muito entusiasmada com o pequeno cavalheiro!

— Bem, acho que esse foi o motivo pelo qual eu vim até aqui, para ficar entusiasmada. Entretanto, eu o receio — lembro-me de impulsivamente ter acrescentado: —, eu me entusiasmo facilmente.
— Foi o que aconteceu em Londres!

Ainda posso ver o rosto largo da Sra. Grose ao tentar entender o que eu dissera.

— Em Harley Street?

— Em Harley Street.

— Bem, a senhorita não foi a primeira, e certamente não será a última.

— Oh, não tenho essa pretensão — consegui rir — de ser a única. Meu outro pupilo, pelo que entendi, retornará amanhã?

— Amanhã, não. Na sexta-feira, senhorita. Ele chegará como a senhorita, pela diligência, sob os cuidados do condutor, e deverá ser trazido pela mesma carruagem.

Declarei que o mais conveniente e também o mais agradável e cordial seria, por ocasião da chegada da diligência, esperá-lo em companhia de sua irmã. A idéia foi tão bem aceita pela Sra. Grose, que considerei esses seus modos como um juramento consolador — jamais traído, graças aos céus! — de que estaríamos unidas em todas as questões. Oh, como ela estava alegre com a minha presença!

O que senti no dia seguinte, suponho, que não fosse nada que pudesse ser chamado com justiça de uma reação à alegria de minha chegada; era provavelmente apenas uma leve opressão, resultante de uma avaliação mais atenta das circunstâncias que me rodeavam. Elas possuíam, tal como se apresentavam, uma extensão e um peso para os quais eu não me havia preparado e, diante delas, estava um pouco amedrontada, embora igualmente orgulhosa. Em meio a essa agitação, as lições certamente sofreram algum atraso; julguei que o meu primeiro dever era, por meio de sutil sedução, conquistar a confiança da menina. Passei o dia todo com ela ao ar livre. Ficou combinado entre nós, para a sua grande satisfação, que a ela caberia, exclusivamente, a tarefa de me apresentar o lugar. Assim o fez, mostrando-me passo a passo, cômodo a cômodo, de segredo a segredo, com uma divertida e deliciosa conversa infantil, o que resultou, em apenas meia hora, que nos tornássemos grandes amigas. Tão nova como era, impressionou-me, no percurso de nosso rápido passeio, sua confiança e coragem em guiar-me, por aposentos vazios e corredores sombrios, escadas irregulares que me faziam parar, chegando até o topo de uma velha torre quadrada onde senti tonturas. Sua música matinal e disposição para falar mais do que fazer-me perguntas prendia-me a atenção, mas igualmente deixava-me aturdida. Nunca mais vi Bly depois que abandonei o lugar, e ouso dizer que para os meus olhos mais experientes, ele agora apareceria na verdadeira dimensão de sua timidez. Mas enquanto a minha pequena condutora, com seus cabelos dourados e seu vestidinho azul, dançava diante de mim pelas esquinas e passagens subterrâneas, eu tinha a visão de um castelo de romance habitado por uma fada cor-de-rosa, um lugar que, de alguma forma, pelas artimanhas de uma mente infantil, emprestava todas as cores dos livros de histórias e dos contos de fadas. Pois não era tudo aquilo apenas uma história sobre a qual eu havia caído para adormecer e sonhar? Não. Tratava-se de um casa enorme, feia, antiga, mas cômoda, que incorporava alguns aspectos de um prédio ainda mais velho, metade reformado, metade reutilizado, no qual eu imaginava que éramos seres meio perdidos, como os passageiros de um grande navio em meio aos naufrágios. Bem... estranhamente era eu quem comandava o leme!

CAPÍTULO II

Essa impressão assaltou-me outra vez quando, dois dias depois, fui, acompanhada de Flora, encontrar o "pequeno cavalheiro", como o chamava a Sra. Grose; voltou-me essa idéia principalmente após um incidente que, depois da segunda noite, desconcertara-me profundamente. O primeiro dia havia sido, de um modo geral, como já disse, tranqüilizador; mas eu o vi transformar-se em aguda apreensão. O correio naquela noite chegou muito tarde; havia uma carta para mim, que, entretanto, escrita pelo meu patrão, com poucas palavras, envolvia uma outra correspondência, endereçada a ele, ainda lacrada.

— Esta correspondência é do diretor do colégio. Trata-se de uma pessoa terrivelmente enfadonha. Leia, por favor e resolva o assunto com ele. Lembre-se de não me incomodar com isso. Nenhuma palavra. Estou viajando!

Rompi o lacre com um grande esforço — tão grande que o exercício tomou-me um bom tempo. Levei a correspondência ainda fechada para o meu quarto, e deixei para lê-la antes de ir para a cama. Melhor seria se tivesse esperado até a manhã seguinte, pois, por causa da carta, tive uma segunda noite insone. Sem alguém com quem pudesse me aconselhar, fiquei muito aflita até o dia seguinte, quando decidi que precisava me abrir ao menos com a Sra. Grose.

— O que significa isto? O garoto foi expulso da escola.

Ela lançou-me um olhar que, naquele instante, foi de estranhamento. Depois pareceu recompor-se.

— Mas eles não são todos...?

— Enviados para casa? Sim. Mas apenas durante as férias. Miles, porém, pode nunca mais ser admitido.

Sob o meu olhar, ela enrubesceu.

— Não vão mais aceitá-lo?

— Recusam-no inteiramente.

A essa altura, ela ergueu os olhos, que havia desviado de mim: vi-os encherem-se de lágrimas.

— O que ele fez?

Hesitei; então achei melhor apenas entregar-lhe a carta. Entretanto, isso fez que, sem apanhá-la, simplesmente colocasse as mãos para trás de si. Ela balançou a cabeça tristemente.

— Coisas desse tipo não são para mim, senhorita.

Minha confidente não sabia ler. Fiquei surpresa diante de meu erro, o qual atenuei tanto quanto pude, e abri novamente a carta para revelar-lhe o conteúdo. Então, hesitando fazê-lo e dobrando-a outra vez, coloquei-a de volta no bolso.

— Será que ele é realmente *mau*?

As lágrimas ainda estavam em seus olhos.

— Esses senhores não o dizem?

— Eles não revelam detalhes. Apenas expressam o seu pesar por não ser possível mantê-lo lá. Isso só pode ter um significado — a Sra. Grose continha suas emoções enquanto ouvia; evitou perguntar-me que significado seria esse. Então, para exprimir o fato de modo mais inteligível na presença dela, continuei: — Que ele pode representar um perigo para os outros alunos.

Nesse ponto, com um desses impulsos comuns às pessoas mais simples, ela inflamou-se.

— O senhor Miles! Um perigo?

Sua manifestação era um transbordamento de boa-fé, de tal modo que, embora eu ainda não tivesse conhecido o garoto, meus próprios medos me fizeram achar a idéia absurda. Vi-me, para estar solidária com minha companheira, afirmando sarcasticamente no mesmo instante:

— Um perigo para os seus pobres amiguinhos inocentes!

— É horrível demais — bradou a Sra. Grose — que alguém diga coisas tão cruéis! Afinal, ele tem apenas dez anos.

— Sim, sim; seria inacreditável.

Uma tal defesa do menino deixou-a obviamente agradecida.

— Veja-o primeiro, senhorita. *Depois* verifique se pode acreditar nisso.

Senti-me imediatamente impaciente para conhecê-lo; foi o começo de uma curiosidade que, por todas as horas que se seguiram, foi tão profunda a ponto de torturar-me. A Sra. Grose estava consciente do impacto que suas palavras tiveram sobre mim, e as repetiu com intensa convicção.

— Pode-se julgar o mesmo sobre a garotinha. Abençoada seja! — acrescentou em seguida. — *Olhe* para ela.

Virei-me e vi o rosto de Flora, a quem, dez minutos antes, eu acomodara na sala de aula com uma folha de papel em branco, um lápis e uma tarefa, a de copiar com capricho alguns *os* bem redondos; ela agora aparecia na fresta da porta entreaberta. Com seu modo de criança, demonstrava um extraordinário desapego em relação aos deveres desagradáveis, olhando-me, contudo, com uma grande luz infantil que parecia oferecer-me como mero resultado da afeição que sentia por mim, o que, por sua vez, implicava necessidade em me obedecer. Não precisei mais do que essa experiência para compreender a comparação da Sra. Grose, e, colocando os braços em torno de minha pupila, cobri-a com beijos e um soluço de arrependimento.

No entanto, pelo resto do dia, procurei uma ocasião oportuna para abordar minha colega, especialmente quando, ao cair da noite, tive a impressão de que ela estava preferindo me evitar. Encontrei-a, lembro-me bem, na escada; descemos juntas, e, já lá embaixo, eu a detive, segurando-a com uma mão em seu braço.

— Considero o que a senhora me disse pela manhã como uma declaração de que nunca soubera que ele tivesse se comportado mal.

Ela atirou sua cabeça para trás; a essa altura já havia, com muita clareza e honestidade, adotado uma atitude.

— Oh, eu nunca soube... não tenho a pretensão de afirmá-lo.

Fiquei perplexa outra vez.

— Então a senhora sabe de algo sobre ele?

— Sim, senhorita, graças a Deus!

Refleti e aceitei. Disse:

— A senhora quis dizer que ele é um menino que nunca...?

— Não é um menino *para mim!*

Segurei-a com mais força.

— A senhora gosta que os meninos tenham um espírito de travessura? E, antecipando-me à sua resposta: — Eu também! — falei ansiosamente — mas não a ponto de contaminar...

— Contaminar? — a palavra deixou-a transtornada.

Expliquei:

— Então, corromper.

Ela esbugalhou os olhos, compreendendo; mas a explicação provocou nela uma gargalhada.

— Tem medo que ele corrompa *a senhorita*?

Ela lançou a pergunta com um senso de humor tão fino e atrevido que, para imitá-la, dei uma risada, e cedi, dessa vez, ao medo do ridículo.

Porém, no dia seguinte, quando a hora de sair com a carruagem se aproximava, apanhei-a em outro lugar da casa:

— Quem era a moça que ocupava o meu lugar?

— A última governanta? Ela era também jovem e bela — quase tão jovem e quase tão bela quanto a senhorita.

— Ah, então espero que sua juventude e beleza tenham lhe ajudado! — Parece que ele nos prefere jovens e belas!

— Oh, ele *preferia* — concordou a Sra. Grose: — Era dessa forma que ele gostava de todas!

Mal havia pronunciado essas palavras, e procurou emendar-se.

— Quero dizer que esse era o jeito *dele*, do patrão.

Fiquei alarmada.

— Mas de quem a senhora falava antes?

Ela parecia pálida, mas corou.

— Ora, dele, claro.

— Do patrão?

— De quem mais?

Era tão óbvia a inexistência de outra pessoa que no momento seguinte eu já havia me livrado da impressão de que ela teria acidentalmente dito mais do que desejava. Perguntei apenas o que eu queria saber.

— A outra governanta percebeu algo diferente no garoto?

— Algo que não estivesse correto? Nunca mencionou.

Tive um escrúpulo, mas superei-o.

— Ela era atenciosa? Exigente?

A Sra. Grose pareceu esforçar-se para buscar a resposta em sua consciência.

— A respeito de algumas questões, sim.

— Mas não em relação a tudo?

Ela voltou a refletir.

— Bem, senhorita, ela se foi. Não vou ser faladeira.

— Compreendo muito bem os seus sentimentos — apressei-me em responder, mas pensei, após um momento, que não haveria problema continuar: — Ela morreu aqui?

— Não, ela tinha partido.

Não sei o que havia nessa brevidade da resposta da Sra. Grose que a fez soar um tanto ambígua.

— Ela partiu para morrer?

A Sra. Grose olhou para o horizonte, pela janela, esquivando-se mas senti que, hipoteticamente, eu tinha o direito de saber o que as jovens que trabalham em Bly poderiam esperar.

— A senhora quer dizer que ela estava enferma e foi levada para casa?

— Ela não adoeceu nesta casa, que eu me lembre. Saiu no final do ano, conforme nos disse, para um breve feriado, o que certamente estava nos seus direitos, dado o tempo que já havia trabalhado aqui. Veio substituí-la, então, uma jovem, uma empregada que era uma boa moça e muito inteligente; e foi ela quem cuidou das crianças nesse intervalo. Mas a antiga governanta nunca retornou, e no exato momento em que eu a esperava, ouvi do patrão que ela havia falecido.

Refleti bastante sobre a notícia.

— Mas morreu de quê?

— Ele nunca me disse! Mas, por favor, senhorita — disse a Sra. Grose —, preciso voltar ao trabalho.

CAPÍTULO III

O fato de que, em seguida, virou-me as costas não foi, por sorte, para minha preocupação, uma descoberta que poderia atrapalhar nossa mútua estima. Depois que eu trouxe o pequeno Miles para casa, ficamos mais íntimas do que nunca, por causa da minha estupefação e do meu estremecimento: era uma idéia monstruosa que uma criança como aquela, que eu acabara de conhecer, não pudesse mais freqüentar a escola. Cheguei com algum atraso ao local do encontro, e senti, enquanto ele estava ali, esperando-me com ansiedade, em frente da porta da estalagem em que a diligência o deixara, que eu o via, naquele instante, com o mesmo brilho grandioso de frescor, a mesma fragrância de pureza, que eu havia, da mesma maneira, encontrado em sua irmãzinha. Era incrivelmente belo, e a Sra. Grose havia acertado em cheio: sua presença fazia que tudo desaparecesse, exceto uma ternura apaixonada. O que me fez, naquele momento e lugar, acolhê-lo em meu coração, foi algo divino que jamais havia encontrado no mesmo grau em qualquer outra criança, ou seja seu indescritível jeitinho de ignorar neste mundo tudo o que não fosse o amor. Seria impossível alguém conciliar uma reputação ruim com doçura e inocência. E, quando retornei a Bly em sua companhia, permaneci apenas perplexa. Até então, eu não me enfurecera pela lembrança de uma terrível carta trancada, numa gaveta de meus aposentos. Assim que pude conversar em particular com a Sra. Grose, declarei a ela que aquilo tudo era grotesco.

Ela logo compreendeu.

— A senhorita refere-se àquela cruel acusação?

— Não pode ser verdade, minha querida, *olhe* para ele!

Ela sorriu da minha pretensão de ser a descobridora do encanto do garoto.

— Eu lhe asseguro, senhorita, que não faço outra coisa! Então, o que a senhorita vai dizer? — ela acrescentou, imediatamente.

— Em resposta à carta? — Eu já havia me decidido: — Nada!

— E ao tio dele?

Fui incisiva.

— Nada.

— E ao próprio garoto?

Fui maravilhosa:

— Nada.

Ela usou o seu avental para enxugar a boca com força.

— Então, estarei ao seu lado, e veremos o que acontece.

— Veremos! — fiz ecoar ardorosamente, oferecendo-lhe a minha mão para selarmos uma promessa.

Ela prendeu-me ali por um momento, e então suspendeu seu avental com a mão desocupada.

— A senhorita se importaria, se eu tomasse a liberdade...?

— De beijar-me? Não!

Envolvi aquela boa senhora em meus braços e, depois que nos abraçamos como irmãs, sentimo-nos ainda mais fortalecidas e indignadas.

Foi assim que, por aquele tempo, tudo se deu: um tempo de tantas ocupações que, ao lembrar-me hoje dos seus desdobramentos, penso em toda a arte de que preciso agora para apresentá-lo em suas particularidades. O que me espanta ao olhar para trás é eu ter aceitado aquela situação. Eu tinha feito um pacto com a minha colega, para ver o que se daria, e estava sob o efeito de um encantamento, aparentemente, que podia tornar mais suaves as extensas e difíceis conexões de um esforço tão grande. Sentia-me envolvida numa grande onda de fantasia e piedade. Considerava simples, em meio à minha ignorância e confusão, e talvez pela minha presunção, admitir que poderia lidar com um garoto cuja educação para o mundo apenas se iniciava. Até hoje sou incapaz de lembrar-me do que planejei para o final de suas férias e o reinício de seus estudos. Tínhamos todos a idéia de que ele deveria ter aulas comigo naquele verão encantador; mas agora sinto que, por semanas, fui eu quem tomou lições... Pela primeira vez, aprendi algo que não fizera parte dos ensinamentos de minha vida pequena e sossegada; aprendi a me divertir, e a ser divertida, sem pensar no dia de amanhã. Foi a primeira vez, de certo modo, que conhecia o espaço, e o ar e a liberdade, toda a música do verão e todo o mistério da natureza. E depois, havia ali a consideração de que rodeavam — e era tão doce a consideração. Oh, tratava-se de uma armadilha, não premeditada, mas profunda — para a minha imaginação, para a minha delicadeza, e talvez para a minha vaidade; enfim, para o que quer que em mim fosse mais sensível. A melhor forma de descrever o que estava ocorrendo é dizer que eu estava desprevenida. Davam-me tão pouco trabalho e eram de uma gentileza tão extraordinária! Eu costumava especular — mas mesmo a esse respeito um tanto vagamente — como o futuro áspero (pois todos os futuros são ásperos!) iria tratá-los, podendo feri-los. Eles estavam na flor da saúde e da felicidade, e, contudo, era como se eu estivesse encarregada de cuidar de um par de pequenas altezas, de príncipes legítimos, para os quais todas as coisas, para serem corretas, deviam estar envolvidas numa aura protetora, e a única forma que, em minha imaginação, os anos futuros poderiam assumir para eles, era uma espécie de extensão romântica e nobre daquele jardim e daquele parque. Pode ser, obviamente, acima de tudo, que aquilo que irrompeu subitamente confira à esse tempo anterior um certo encantamento estático — aquele tipo de quietude em que há alguma ameaça. A mudança foi, na verdade, como o surgimento de uma fera.

Nas primeiras semanas, os dias se alongavam. Freqüentemente, em seus melhores momentos, eles me davam o que eu costumava chamar de "a minha hora", o pequeno intervalo que, passadas as horas do chá e da cama, eu tinha, antes de adormecer. Apesar de amar muito meus companheirinhos, essa era a hora do dia que eu mais gostava; e mais que tudo quando, enquanto a luz enfraquecia, ou melhor, quando o dia se alongava e os últimos cantos dos pássaros derradeiros soavam, vindos das árvores, através de um céu avermelhado, podia andar pelos arredores e desfrutar, com um senso de propriedade que me divertia e me orgulhava, da beleza e da dignidade do lugar. Era um prazer para mim nessas horas sentir-me tranqüila e justificada pela tarefa a cumprir. Talvez, para pensar que, em razão da minha discrição, meu silencioso bom senso e minha elevada decência, eu estava dando prazer — se é que alguma vez ele o notou! — à pessoa cuja insistência eu havia cedido. O que eu estava fazendo era o que ele sinceramente esperava e havia me pedido. Ouso dizer que me imaginava, em resumo, uma admirável jovem mulher, e me confortava na fé de que um dia isso se tornaria evidente. Bem, eu precisava ser admirável para enfrentar os fatos notáveis que começavam a dar os primeiros sinais.

Ocorreu, de modo abrupto, certa tarde, em meio àquela que era a "minha hora": as crianças já estavam na cama e, eu havia saído para caminhar. Um dos pensamentos que me acompanhavam, e que ao menos agora não me furto em anotar, era o de que seria tão encantador quanto uma admirável história romântica, encontrar alguém, subitamente. Alguém apareceria ali, no caminho, em pé, diante de mim, sorrindo em sinal de aprovação. Eu não pedia mais do que isso — só queria que *ele* soubesse. E a única forma de ter certeza de que ele sabia, seria por meio dessa visão, e do reflexo de uma luz agradável no seu belo rosto. Isso era muito vívido para mim — quero dizer, a visão do rosto — quando, numa dessas ocasiões, ao final de um longo dia de junho, parei logo depois de sair de trás de umas folhagens, e tive a visão da casa. O que me fez permanecer imóvel — em meio a um choque maior do que qualquer outra visão provocaria — foi a sensação de que minha fantasia havia, num lampejo, se materializado. Ele de fato estava ali! — mas bem acima, além do gramado, e sobre o topo daquela mesma torre à qual, na primeira manhã, a pequena Flora havia me apresentado. Era uma de duas estruturas quadradas, incongruentes, ameadas, que eram definidas, por algum motivo, como a velha e a nova, embora eu não percebesse muita diferença entre ambas. Elas ficavam em extremidades opostas da casa e eram, provavelmente, exageros arquitetônicos, redimidos de certo modo por não destoarem completamente do resto, nem serem de altura demasiada. Datavam, em sua antiguidade fora de moda, de algum período romântico que era agora apenas um passado respeitável. Eu as admirava, tinha fantasias a seu respeito, pois todos podiam se beneficiar em certo grau, especialmente quando a grandeza de suas ameias se destacava da escuridão.

Lembro-me de que essa figura produziu em mim, no claro crepúsculo, dois diferentes arquejos de emoção, distintamente, o choque de minha primeira e de minha segunda surpresa. A segunda foi a violenta percepção do erro da minha primeira: o homem que avistei não era a pessoa que eu supusera ser. Aquilo que me veio foi uma visão tão confusa que mesmo agora, depois de tantos anos, não há uma forma de descrevê-lo. Um homem desconhecido, num lugar solitário é um objeto óbvio de temor para uma jovem mulher criada em ambiente familiar. E a figura que avistei — alguns segundos depois tive certeza — não se parecia com qualquer pessoa de quem eu me lembrasse. Eu não o tinha visto em Harley Street ou em parte alguma. O lugar, além do mais, era bastante estranho. E, num instante, pela ocorrência daquela aparição, havia se transformado num verdadeiro deserto. Para mim, ao menos, fazendo aqui uma declaração com uma determinação que nunca antes expressava, todas as sensações daquele instante vêm à tona. Foi como se, no momento em que aquela experiência me ocorria, todo o restante de do cenário tivesse sido atingido pela morte. Posso ouvir novamente, enquanto escrevo, a quietude intensa em que caíram os sons do anoitecer. As gralhas cessaram de grasnar no céu dourado e a hora agradável perdeu, num instante, toda a sua voz. Mas não houve nenhuma outra transformação na natureza, ao menos uma que eu enxergasse com nitidez mais estranha. A cor de ouro ainda estava no céu, a clareza estava no ar, e o homem que me olhou sobre as ameias era tão bem definido quanto uma pintura emoldurada. Foi assim que pensei, com extraordinária rapidez, em cada pessoa que ele poderia ser e que não era. Encaramo-nos, na distância em que estávamos um do outro, por tempo suficiente para que eu me perguntasse insistentemente quem ele poderia ser e o que deveria sentir. Como efeito de minha inabilidade de dar respostas a essas perguntas, um espanto tomou conta de mim em instantes, tornando-se cada vez maior. A grande questão, ou uma delas, em relação a certos acontecimentos, é saber quanto tempo eles duraram. Nesse meu caso, a visão durou enquanto eu lidava com uma dúzia de possibilidades, nenhuma das quais esclarecia muito, ao menos que eu pudesse compreender, estando na casa havia tão pouco tempo, sobre uma pessoa que eu ignorava. O episódio durou o tempo de eu me sentir um tanto melindrada ao imaginar que na minha situação, tal desconhecimento era inadmissível. Durou enquanto esse visitante, — que trazia indício de uma estranha liberdade, recordo-me, no sinal de familiaridade de ele não usar chapéu — parecia fixar-me da posição em que se encontrava, com o mesmo que a sua própria presença provocava. Estávamos longe demais um do outro para falarmos, mas haveria um momento, se houvesse proximidade maior, em que um desafio entre nós, quebrando o silêncio, teria sido o resultado inevitável daquela troca de olhares. Ele era visto por mim de um certo ângulo, o mais distante da casa, estando bem ereto e mantendo ambas as mãos sobre o beiral, quando me espantei com ele. Enxerguei-o como enxergo agora as letras que gravo nesta página; então, exatamente um minuto mais tarde, como se quisesse expandir o espetáculo, mudou-se de lugar vagarosamente — passou, olhando para mim durante todo o tempo, para o lado oposto da plataforma. Sim, tive a mais aguda impressão de que durante essa mudança de posição ele jamais deixou de me observar, e posso ainda ver agora o modo como sua mão passou de uma das ameias à outra, enquanto partia. Ele parou, por menos tempo, na outra extremidade, e mesmo enquanto se virava ainda fixava seus olhos sobre mim. Foi-se. E é só o que sei.

CAPÍTULO IV

Não que eu não esperasse mais, naquele momento, pois eu estava tão firme quanto aterrorizada. Havia algum "segredo" em Bly — um segredo de Udolfo[1] ou algum louco, algum parente não mencionado mantido em insuspeito confinamento? Não sei dizer quantas vezes refleti sobre tudo isso, ou durante quanto tempo permaneci no lugar em que tinha sofrido aquele choque, sentindo uma mistura de curiosidade e pavor. Lembro-me apenas de que, ao retornar à casa, a escuridão já havia se adensado. Nesse intervalo, estava tão agitada que andei em círculos o equivalente a umas três milhas. Contudo eu ainda ficaria tão mais subjugada pelas circunstâncias de que o simples surgimento de um alarme era comparável a uma emoção humana mais amena. A parte mais singular disso, tão singular quanto o resto, foi o que houve quando encontrei a Sra. Grose na sala. A cena volta à minha memória completamente: a impressão que tive, ao retornar, do amplo espaço com revestimento branco, brilhante pela iluminação, e com seus retratos e tapete vermelho, e a boa aparência surpresa de minha companheira, que imediatamente disse ter sentido a minha ausência. Pelo alívio da ansiedade que sentiu com a minha aparição, logo notei que ela nada sabia relacionado ao incidente a respeito sobre o qual eu estava prestes a narrar-lhe. Eu não havia suspeitado que o seu rosto confortador me reanimaria, e de certo modo avaliei a importância do que vira pelo fato de agora me sentir hesitante em mencioná-

[1] Os mistérios de Udolfo — obra da escritora inglesa Ward Radcliffe (1764-1823), precursora do movimento gráfico do século XIX. (N. do T.)

lo. Nada nessa história toda me parece tão estranho quanto esse fato: no início, quando o terror tomou conta de mim, tive o instinto de poupar minha companheira. Assim, ali mesmo, naquela agradável sala, enquanto ela me olhava, por algum motivo que não conseguia exprimir, formei uma convicção íntima. Ofereci um pretexto vago para o meu atraso e, apelando para a beleza da noite, do orvalho denso e dos meus pés molhados, subi para o quarto logo que pude.

Lá as coisas eram diferentes. Lá, por muitos dias, o assunto reassumiu seu aspecto fora do comum. Havia horas, dia após dia, ou eram apenas momentos — subtraídos dos meus deveres mais básicos — em que eu precisava trancar-me no quarto para pensar. Não era tanto porque eu estivesse mais nervosa do que pudesse suportar, mas porque tinha um temor notável de chegar a este ponto; então, a verdade que eu precisava agora aceitar era clara. Eu não tinha como deduzir a identidade do visitante que me aparecera de forma tão inexplicável e, a quem, ao que parecia, eu estava tão intimamente ligada. Levei algum tempo para perceber que eu poderia sondar, sem deixar a iniciativa assumir ares de inquirição, alguma complicação doméstica. O choque que havia sofrido deve ter aguçado todos os meus sentidos. Ao final de três dias, pelo mero exercício de uma atenção redobrada, certifiquei-me de que os empregados não haviam me enganado nem me pregado alguma peça. O que quer que eu havia testemunhado não era conhecido daqueles que estavam ao meu redor. Só existia uma única inferência aceitável: alguém havia tomado uma liberdade das mais grosseiras. Isso era o que, repetidamente, eu afirmava ao mergulhar em meu quarto e trancar a porta. Tínhamos sido todos submetidos a um intruso; algum viajante sem escrúpulos, curioso por casas antigas, havia penetrado ali sem ser observado, desfrutara da vista do ponto mais privilegiado, e depois havia se evadido de um modo tão imperceptível quanto entrara. Se ele tinha me olhado fixamente com tamanho atrevimento, isso era apenas parte de sua indiscrição. A boa notícia, afinal, era a de que nunca mais o veríamos.

Não era, entretanto, uma coisa tão boa, a ponto de me impedir de reconhecer que, essencialmente, o que punha na sombra todo o resto era simplesmente a minha sedutora tarefa. O meu trabalho encantador era simplesmente a minha experiência de vida com Miles e Flora, e o que mais me fazia amá-lo era a sensação de que eu poderia atirar-me nele sem reservas para enfrentar qualquer problema. Os atrativos de minhas pequenas tarefas eram um prazer contínuo e me faziam refletir sobre a vaidade de meus temores originais, o desgosto que eu havia nutrido com a falsa perspectiva de monotonia do meu ofício. Não haveria monotonia nem amolações; como não seria encantador aquilo que se apresentava diariamente como beleza? Era o acúmulo do romance que há nos quartos infantis com a poesia das matérias escolares. Não quero dizer com isso, é claro, que estudávamos apenas ficção e poesia; apenas não encontro outro modo de exprimir o tipo de cuidados que os meus pequenos companheiros inspiravam. Como descrevê-los, senão dizendo que em vez de me habituar a eles — e isso é um milagre para uma governanta! Invoco o testemunho das colegas! — eu fazia sempre novas descobertas. Havia certamente uma direção na qual essas descobertas terminavam: uma profunda obscuridade continuava a pairar sobre a conduta do menino na escola. Logo fui capaz de encarar aquele mistério sem me angustiar. Talvez parecesse mais correto dizer que, sem uma palavra, o próprio menino o havia esclarecido. Ele tornou a história toda da acusação um absurdo. Minha conclusão floresceu ali com o rubor de sua inocência: o garoto era simplesmente muito bom e belo para o pequeno, horrível e sujo mundo escolar, e ele havia sido punido por isso. Refleti agudamente que a percepção dessas diferenças e qualidades superiores por parte da maioria — que poderia incluir estúpidos e sórdidos diretores — sempre resultam em vingança.

Ambas as crianças possuíam uma doçura (era o seu único defeito, mas isso nunca fez de Miles um bobão) que os tornava — como posso dizê-lo? — quase impessoais e certamente imunes a castigos. Eram como os querubins da anedota, que não tinham — ao menos do ponto de vista moral — um ângulo em que se pudesse dar uma surra. Lembro-me de sentir, especialmente quando conversava com Miles, que era como se ele não tivesse uma história. Geralmente, de crianças pequenas, esperamos pouca biografia, mas havia nesse lindo garoto sensibilidade e alegria extraordinárias, mais do que percebera em qualquer outra criança de sua idade, algo que o atingia como um novo renascimento a cada dia. Ele jamais havia sofrido, nem por um segundo. Não havia sido castigado. Se tivesse sido perverso, eu teria encontrado algum sinal. Era, portanto, um anjo. Nunca falava sobre sua escola, nem mencionava algum colega ou professor. De minha parte, sentia um desgosto grande demais para aludir a eles. Eu estava enfeitiçada, e era maravilhoso que, mesmo naquele momento, eu tivesse consciência perfeita disso. Mas eu me entregara ao feitiço; era um antídoto para qualquer sofrimento, e eu tinha vários. Naqueles dias recebi cartas perturbadoras de casa, onde as coisas não iam bem. Mas com minhas crianças, que coisas tinham importância? Essa era a questão com a qual eu lidava nos meus raros isolamentos. Eu estava hipnotizada por sua beleza. Houve um domingo — para prosseguir — em que choveu tão fortemente e durante tantas horas, que não pudemos ir à igreja; assim, como o dia ia se esvaindo, combinei com a Sra. Grose que, se ao cair da noite houvesse melhora, iríamos juntas ao culto noturno. Felizmente, a chuva parou, e preparei-me para a caminhada, que, através do parque e pela boa estrada que levava ao povoado, duraria uns vinte minutos. Ao descer para encontrar minha companheira na sala-de-estar, lembrei-me de um par de luvas que exigiram alguns remendos e os receberam — com uma publicidade talvez pouco edificante — enquanto eu estava com as crianças na hora do chá, servido aos domingos, excepcionalmente, naquele templo frio e limpo de mogno e bronze. As luvas tinham caído lá, e eu voltei para recuperá-las. O dia estava bastante cinzento, mas a luz da tarde ainda resistia, fato que me permitiu, ao cruzar a soleira, não apenas reconhecer numa cadeira próxima à ampla janela, que estava fechada, aquilo que eu fora buscar, mas também observar alguém do outro lado da janela, olhando para dentro. Assim que entrei na sala tive a visão instantânea; estava tudo lá. A pessoa olhando para dentro era a mesma que já havia surgido diante de mim. Aparecia então, novamente, não com maior nitidez, pois seria impossível, mas com uma proximidade que representava um avanço em nosso relacionamento. A esse encontro perdi a respiração, senti-me gelar da cintura aos pés. Ele era o mesmo — era o mesmo, e visto, dessa vez, como nunca antes, da cintura para cima, pois embora a janela da sala de jantar fosse térrea, não descia até o terraço em que ele se encontrava. Seu rosto estava próximo ao vidro, e, contudo, o efeito dessa visão servia, estranhamente, para mostrar a grande intensidade da primeira. Ele permaneceu ali apenas alguns segundos — o suficiente para me convencer de que havia me visto e reconhecido; mas senti como se o estivesse observando há anos e o conhecesse desde sempre. Algo inédito, todavia, ocorreu dessa vez; o seu olhar que me fixava o rosto, através da vidraça e da sala, foi tão profundo e tão duro como antes, mas desviou-se por um momento em que eu podia observá-lo fixando-se sucessivamente em vários outros objetos. Imediatamente senti o choque de uma certeza: não era por minha causa que ele viera. Viera para encontrar outra pessoa.

Essa convicção — que convivia em meio ao pavor — produziu em mim o mais extraordinário efeito, dando início a uma súbita vibração de dever cumprido e de coragem. Digo "coragem" porque eu estava, sem dúvida, fora de mim. Saí pela porta da sala, alcancei a casa, subi a rampa num instante, atravessando o terraço o mais rápido que podia, e, cheguei ao ponto em que podia observar todo o lugar. Mas o que eu via agora era nada — meu visitante havia desaparecido. Parei, quase caí, com o alívio que isso me provocava; mas procurei manter a visão de tudo — dei-lhe tempo para reaparecer. Chamo isso de "tempo", mas qual foi a duração dessa experiência? Não consigo precisar a duração desses acontecimentos. Essa noção de medida deve ter-me abandonado: não poderia ter durado o tempo que me pareceu realmente. O terraço e o edifício, o gramado, o jardim mais além, tudo o que eu podia ver do parque estavam desertos, completamente desertos. Havia arbustos e grandes árvores, mas lembro-me da certeza de que nenhum deles o escondia. Ou estava ali ou não estava: se eu não o podia ver, não estava. Apeguei-me a esse raciocínio; então, instintivamente, em vez de retornar por onde viera, caminhei em direção à janela. Veio-me a idéia de que eu deveria colocar-me no mesmo lugar em que ele aparecera de pé. Assim o fiz. Encostei meu rosto no vidro e observei, tal como ele o fizera, o interior da sala. Nesse momento, como para mostrar-me a distância em que se mantivera de mim, a Sra. Grose entrou no aposento, tal como eu fizera em relação a ele pouco antes. Tive assim a perfeita repetição da primeira cena. Ela me viu, assim como eu vira o meu visitante; suspendeu a respiração como eu fizera; produziu-lhe quase o mesmo choque que eu também recebera. Ela empalideceu, e fez que eu me perguntasse se eu também empalidecera tanto quanto ela. Olhou-me fixamente, por pouco tempo, e recuou exatamente como eu. Permaneci onde estava, e, enquanto aguardava, muitos pensamentos vieram à minha mente. Mas há apenas um que vale a pena mencionar. Eu queria entender a razão daquele seu assombro.

CAPÍTULO V

Oh, ela revelou-me o motivo assim que, contornando a casa, apareceu novamente no meu campo de visão.

— Em nome de Deus, qual é o problema?

Ela estava agora enrubescida e sem fôlego.

Eu nada disse até que ela chegou bem perto.

— Comigo? Devo ter feito uma linda cara. Estou aparentando?

— A senhorita parece tão branca quanto uma folha de papel. Está horrível.

Refleti; eu podia encarar qualquer inocência sem escrúpulos. A necessidade de respeitar a pureza da Sra. Grose já havia saído de meus ombros sem fazer alarde, e se hesitei naquele instante não foi para ocultar o que sabia. Estendi-lhe a mão e ela a tomou; apertei-a junto de mim por um momento, gostando de senti-la tão próxima. Havia uma espécie de amparo no acanhado arfar de sua surpresa.

— Certamente a senhora veio para me levar à igreja, mas não posso ir.

— Algo aconteceu?

— Sim. A senhora precisa ficar sabendo agora. Eu estava muito estranha?

— Através da janela? Oh, estava horrível!

— Bem, fiquei apavorada.

Os olhos da Sra. Grose exprimiam com simplicidade que ela não queria estar ali, entretanto, diziam também, que ela sabia muito bem o seu lugar, a ponto de evitar compartilhar comigo qualquer inconveniência. Oh, estava bem estabelecido que ela *teria* de compartilhar!

— O que a senhora acabou de ver há um minuto na sala de jantar foi o efeito disso. O que *eu* vi — um pouco antes — era muito pior.

Sua mão apertou-me.

— O que ocorreu?

— Um homem extraordinário. Olhando para dentro.

— Que homem extraordinário?

— Não tenho a menor idéia.

A Sra. Grose olhou ao redor inutilmente.

— Então, para onde ele foi?

— Sei menos ainda.

— A senhorita já o viu antes?

— Sim — uma vez. Na antiga torre.

Ela só conseguia olhar-me com mais vigor.

— Quer dizer que se trata de um desconhecido?

— Oh, totalmente.

— Contudo a senhorita não me contou?

— Não — eu tinha meus motivos. Mas agora que a senhora já sabe...

Os olhos da Sra. Grose demonstraram o peso dessa responsabilidade.

— Ah, não sei, não! — disse simplesmente. — Como posso saber, se nem a senhorita consegue imaginar?

— Não tenho mesmo qualquer idéia.

— A senhorita somente o viu ali na torre?

— E aqui mesmo, há pouco.

A Sra. Grose olhou novamente ao redor.

— O□ que ele estava fazendo na torre?

— Ele só estava lá e me observava.

Ela refletiu um minuto.

— Tratava-se de um cavalheiro?

— Não — não foi preciso refletir. — Não.

Ela olhou-me ainda mais espantada.

— Então não era alguém daqui? Alguém da vila?

— Ninguém. Eu não lhe disse, mas tratei de me certificar.

Ela suspirou vagamente aliviada; isso era, estranhamente, melhor. Mas resolvia pouco a questão.

— Mas se não é um cavalheiro...

— O que é ele. É um horror.

— Um horror?

— Ele... Deus me ajude se eu compreendo o que ele é!

A Sra. Grose olhou ao redor mais uma vez; fixou seus olhos na distância mais escura, e depois, recompondo-se, voltou-se para mim com uma abrupta inconseqüência.

— É hora de irmos para a igreja.

— Oh, não estou em condições de ir à igreja!

— Não vai lhe fazer bem?

— Não fará bem a eles! — fiz um gesto com a cabeça na direção da casa.

— As crianças?

— Não posso deixá-las agora.

— A senhorita está com medo?

Falei com audácia.

— Tenho medo dele.

O rosto amplo da Sra. Grose mostrou-me, nesse momento, pela primeira vez, o brilho distante de uma consciência um pouco mais aguda. Dela surgiria uma idéia que me pareceu completamente obscura. Lembro-me agora de que pensei rapidamente naquilo como alguma revelação que ela faria; e senti que era algo relacionado ao desejo de saber mais.

— Quando foi a visão na torre?

— Por volta do meio deste mês. Nesta mesma hora.

— Estava quase escuro — disse a Sra. Grose.

— Oh, não, não estava muito escuro. Eu o vi como vejo a senhora agora.

— Então como foi que ele entrou?

— E como ele saiu? — eu dei uma risada. — Não tive a oportunidade de perguntar a ele! Nesta tarde — prossegui — ele não conseguiu entrar.

— Ele fica só observando?

— Espero que não vá além disso.

Ela agora havia soltado a minha mão; afastou-se um pouco. Esperei um instante, então falei:

— Vá para a igreja. Até logo. Preciso ficar e vigiar.

Vagarosamente, ela voltou a encarar-me.

— Teme por eles?

Encontramo-nos em mais um longo olhar.

— E a senhora não?

Em vez de responder ela se aproximou da janela e, por um minuto, encostou o rosto no vidro.

— A senhora vê como ele podia me ver — afirmei. Ela não se moveu.

— Por quanto tempo ele esteve aqui?

— Até que saí, para encontrá-lo.

A Sra. Grose finalmente, virou-se. Havia algo mais em seu rosto.

— Eu não conseguiria ter saído — disse ela.

— Nem eu ! — ri novamente. — Mas aqui estou. Conheço o meu dever.

— Eu também conheço o meu — e acrescentou: — como ele se parece?

— Queria muito descrevê-lo. Mas ele não se parece com ninguém.

— Ninguém? — repetiu.

— Ele não usa chapéu.

Vendo então em seu rosto que ela, assim, com uma consternação mais profunda, já encontrara os traços de uma figura, rapidamente acrescentei pincelada após pincelada.

— Ele tem cabelo ruivo, bem ruivo, crespo, e um rosto pálido, oval, com feições retas, traços regulares, e barbicha, bem esquisita, tão vermelhas quanto o seu cabelo. Suas sobrancelhas são, de algum modo, mais escuras; parecem particularmente arqueadas, e com uma boa dose de mobilidade. Seus olhos são penetrantes, estranhos; e só sei com clareza que são bem pequenos e muito fixos. Sua boca é larga, e seus lábios são finos, e exceto pelas sua barbicha, tem o rosto bem barbeado. Ele me dá a impressão de se parecer com um ator.

— Um ator!

Era impossível comparar qualquer imagem com a de um ator para a Sra. Grose naquele momento.

— Nunca vi nenhum ator, mas é assim que os imagino. Ele é alto, elegante, ereto, mas nunca um cavalheiro.

O rosto de minha colega havia empalidecido à medida que eu continuava a falar; seus olhos começaram a girar, ficou boquiaberta.

— Um cavalheiro — disse ela, estupefata. — Um cavalheiro, ele?

— Então a senhora o conhece?

Ela visivelmente procurava controlar-se.

— Mas ele é bonito?

Percebi o meio de ajudá-la.

— Notavelmente belo.

— E trajado...?

— Com roupas de outra pessoa. São roupas boas, mas não são dele.

Ela irrompeu num gemido afirmativo:

— Elas são do patrão!

Aproveitei:

— A senhora o conhece, então?

Ela vacilou por um momento.

— Quint! — exclamou.

— Quint?

— Peter Quint — seu criado pessoal, seu camareiro, quando ele estava aqui!

— Quando o patrão estava aqui?

Ainda balbuciando, mas me encarando, ela juntou todas as informações.

— Ele nunca usou o seu chapéu, mas, bem, demos falta de dois coletes. Ambos estavam aqui, no ano passado. Então o patrão se foi e Quint ficou sozinho.

Eu acompanhava o que ela dizia, mas ela interrompia algumas vezes.

— Sozinho?

— Sozinho conosco.

Então, como se buscasse palavras em uma região mais profunda, ela acrescentou como mordomo.

— E o que houve com ele?

Ela suspendeu a fala por um tempo tão prolongado que fiquei ainda mais intrigada.

— Ele também se foi.

— Foi para onde?

Sua expressão, nesse instante, foi espantoso.

— Deus sabe para onde! Ele morreu.

— Morreu? — quase gritei.

Ela pareceu decidida e segura, manteve-se firme para revelar o espanto de tudo aquilo.

— Sim, o senhor Quint está morto.

CAPÍTULO VI

Naturalmente, foi necessário mais do que aquela ocorrência em particular para nos juntar na presença daquilo com o que iríamos conviver, como bem pudéssemos — minha terrível vulnerabilidade a impressões do tipo de que tivéramos tão vívido exemplo e o conhecimento que minha companheira tinha, metade consternação, metade compaixão, dessa vulnerabilidade. Houve, naquela noite, depois da revelação que me deixou prostrada por uma hora ou mais — não a ida a algum culto religioso, mas uma pequena cerimônia de lágrimas e votos, preces e de promessas, e um clímax de uma série de compromissos e desafios mútuos, quando nos recolhemos à sala de estudos, onde nos trancamos para falar abertamente do assunto. O resultado dessa nossa tentativa de esclarecimento foi simplesmente reduzir a nossa situação a seus elementos mais básicos. Ela não tinha visto coisa alguma, nem mesmo a sombra de uma sombra, e ninguém na casa tinha de enfrentar a difícil situação da governanta; contudo ela aceitou, sem me acusar diretamente de louca, a verdade que eu lhe ofereci, e terminou por mostrar-me, nesse terreno, uma ternura marcada pelo pavor, uma compreensão do meu duvidoso privilégio, das quais o próprio sopro permaneceu em minha memória como a mais doce das caridades humanas.

Naquela noite ficou estabelecido entre nós, que suportaríamos juntas o que viesse. Eu nem sequer estava certa de que, apesar de sua isenção, não seria ela que ficaria com o fardo mais pesado. Eu sabia naquela hora, acho, tal como sabia mais tarde, o que eu seria capaz de enfrentar para proteger os meus alunos; mas levei algum tempo para me convencer de que a minha honesta aliada estaria pronta para honrar um contrato com cláusulas tão comprometedoras. Eu era uma companhia bastante estranha — quase tão estranha quanto a minha colega; mas à medida que reexaminei o que havíamos atravessado, vejo quanto em comum devemos ter encontrado na idéia que, por única sorte, *teria* o poder de nos fortalecer. Era a idéia, o segundo movimento, que me tirou dos aposentos íntimos do meu terror. Eu podia tomar ar no jardim, pelo menos, e a Sra. Grose estaria comigo. Lembro-me agora do modo peculiar pelo qual as minhas forças voltaram antes que nos despedíssemos naquela noite. Havíamos nos lembrado de cada detalhe do que eu havia testemunhado.

— Disse que ele estava procurando por alguém, alguém que não era a senhorita?

— Ele estava procurando pelo pequeno Miles — uma poderosa clareza tomava posse de mim naquele instante. — Ele veio à procura do menino.

— Mas como a senhorita sabe?

— Eu sei, eu sei, eu sei!— minha exaltação crescia. — E a senhora *também* sabe, minha querida.

Ela não o negou, mas eu não precisava mais que o silêncio dela. Continuou um minuto mais tarde:

— O que ocorreria se ele visse o menino?

— O pequeno Miles? É o que ele deseja!

Ela pareceu imensamente assustada outra vez:

— O menino?

— Que Deus nos livre disso! Quer aparecer a eles.

Que ele o pudesse fazer era uma idéia tenebrosa, e contudo, de alguma forma, eu poderia evitá-lo; foi o que, ademais, enquanto nos demorávamos ali, praticamente consegui provar. Estava convencida de que veria outra vez aquilo que já vira antes, mas algo dentro de mim dizia que ao me oferecer bravamente como o objeto único dessa experiência, aceitando-a, convidando-a, superando-a, eu serviria como vítima e guardaria a tranqüilidade de meus companheiros. Em especial, eu deveria de algum modo defender e salvar as crianças. Recordo-me de uma das últimas coisas que disse à Sra. Grose naquela noite.

— Espanta-me que meus alunos jamais tenham mencionado.

Enquanto eu refletia, ela olhou-me.

— O fato de ele ter estado aqui, e o tempo que passaram com ele?

— O tempo que passaram com ele, e seu nome, sua presença, sua história, de nenhum modo.

— Oh, a garotinha não se lembra. Ela nunca ouviu ou soube qualquer coisa sobre ele.

— As circunstâncias de sua morte? — refleti com alguma intensidade. — Talvez não. Mas Miles deve se lembrar — ele deve saber.

— Ah, não pergunte nada a ele! — pediu a Sra. Grose.

Devolvi a ela o olhar que havia me destinado.

— Não tenha medo.

Continuei a refletir, e disse:

— É algo muito estranho.

— Que o menino nunca tenha mencionado o homem?

— Nunca, nem a mínima alusão. E a senhora está me dizendo que eles eram grandes amigos.

— Oh, não era da parte do menino! — declarou a Sra. Grose com ênfase. — Era coisa da imaginação de Quint. Brincar com ele, quero dizer, mimá-lo — ela parou por um momento — acrescentou: — Quint era abusado demais.

Isso trouxe à minha memória a visão que tinha tido do rosto dele — que rosto! — uma sensação súbita de desgosto.

— Abusado demais com o *meu* garoto?

— Abusado demais com todo mundo!

Abstive-me, naquele momento, de analisar essa descrição, levando em conta que poderia aplicar-se aos diversos membros da residência, à meia dúzia de empregadas e empregados que ainda faziam parte de nossa pequena colônia. Mas havia o fato feliz, para reduzir a nossa preocupação, de que nenhuma lenda estranha, nenhuma fofoca de cozinha era contada por ninguém nessa antiga e agradável residência. O lugar não tinha um nome comprometido, nem uma fama ruim, e a Sra. Grose, aparentemente, desejava apenas agarrar-se a mim e tremer em silêncio. Propus a ela, ainda, um teste derradeiro. Foi quando, à meia-noite, estava com sua mão na porta da sala de estudos para sair.

— Então posso fiar-me na senhora, e isso é de grande importância, de que ele era um sujeito reconhecidamente mau?

— Oh, não reconhecidamente. Eu o sabia, mas o patrão não.

— E a senhora nunca lhe contou?

— Bem, ele não gostava de mexericos; ele odiava reclamações. Era muito frio a respeito de qualquer coisa dessa natureza. E se as pessoas eram agradáveis para *ele*...

— Não se incomodaria com o resto? — Isso se encaixava bem com as impressões que eu tinha sobre ele: não gostava de enfrentar problemas, nem se incomodava com detalhes das companhias que mantinha. Mesmo assim, pressionei a minha interlocutora. — Garanto à senhora que eu teria contado!

Ela sentiu a minha discriminação.

— Reconheço que estava errada. Mas, de fato, eu tinha medo.

— Medo de quê?

— Daquilo que aquele homem poderia fazer-me. Quint era tão esperto, tão penetrante!

Recebi o impacto dessa afirmação, provavelmente de uma forma mais intensa do que demonstrei.

— A senhora não temia algo mais? A influência dele?

— Influência? — ela repetiu com uma expressão de angústia enquanto eu hesitava.

— Sobre a vida inocente e preciosa das crianças. Elas estavam sob os seus cuidados.

— Não, eles não estavam sob a minha responsabilidade! — ela respondeu decidida e aflita. — O patrão confiava nele e o colocou aqui porque se dizia que ele não estava bem de saúde, e o ar campestre seria bom.

— Então, ele opinava sobre tudo o que quisesse.

— Sim — ela disse — mesmo sobre as crianças.

— Sobre as crianças, aquela criatura? — tive de conter um tipo de gemido. — E a senhora agüentava isso?

— Não. Eu não suportava — e não posso suportar agora!

E a pobre mulher explodiu em lágrimas.

Um controle rígido, a partir do dia seguinte, foi estabelecido, como eu tinha dito, para acompanhá-los; porém, com que freqüência e com que paixão, por uma semana, voltamos juntas a discutir o assunto! Por mais que houvéssemos conversado naquele domingo à noite, eu estava obsecada, especialmente nas horas que se seguiram imediatamente — pois é possível imaginar que mal conseguia dormir —, por alguma coisa que ela tivesse deixado de me revelar. Eu nada omiti, mas havia alguma informação que a Sra. Grose escondera de mim. Além disso, pela manhã, tive a certeza de que o motivo dessa omissão não tinha sido a falta de franqueza, mas sim os temores que pairavam sobre nós. Parecia-me, realmente, olhando em retrospectiva, que à hora da manhã em que o sol no céu alto, eu tinha incansavelmente lido nos fatos que se apresentavam diante de nós quase todo o significado que assumiriam nas ocorrências subseqüentes, bem mais cruéis. O que eu via, acima de tudo, era apenas a figura sinistra do homem vivo — o morto podia esperar um pouco! — e os meses que ele passara em Bly, os quais, somados, constituíam um período formidavelmente longo. O fim desse tempo maligno deu-se apenas quando, na alvorada de uma manhã de inverno, Peter Quint foi encontrado, por um trabalhador que ia ao seu trabalho matinal, duro e morto na estrada que conduzia ao vilarejo; uma catástrofe explicada — pelo menos superficialmente — por um ferimento visível em sua cabeça. Tal ferimento, poderia muito bem ter sido causado — e as evidências acabaram por mostrar que sim — por um tombo fatal que levara na escuridão, depois que deixou uma taverna, pegou um caminho absolutamente equivocado e desceu uma íngreme e congelada encosta, no pé da qual foi encontrado morto. O gelo, o erro do trajeto à noite e o efeito da bebida haviam sido decisivos — e praticamente, após o inquérito e as fofocas sem fim, tudo explicavam. Mas existiam questões em sua vida — estranhas passagens e perigos, desordens secretas, vícios mais do que suspeitos — que poderiam ter suscitado muitas outras suspeitas.

Mal posso introduzir em palavras minha história para formar um quadro crível do meu estado de ânimo; mas eu estava, nesses dias, literalmente pronta a encontrar alegria na extraordinária aventura de heroísmo que a ocasião exigia de mim. Agora vejo que me solicitaram uma missão admirável e difícil. E haveria uma grandeza em deixar bem à vista — oh, na posição mais apropriada! — que eu poderia ter sucesso onde muitas outras garotas haviam falhado. Era uma imensa ajuda para mim — confesso que me aplaudo nessa visão retrospectiva! — que eu enxergasse meu trabalho com tanto vigor e simplicidade. Eu estava ali para proteger e defender as pequenas crianças mais vulneráveis e mais amáveis do mundo, e o apelo de seu desamparo havia subitamente se tornado explícito demais, uma dor crônica e profunda para o coração de alguém tão compromissado. Estávamos isolados, de fato, e unidos, perante aquele perigo. Eles não tinham ninguém além de mim, e eu — bem, eu tinha *a eles*. Em resumo, tratava-se de uma oportunidade magnífica. Essa oportunidade apresentou-se a mim numa imagem ricamente concreta. Eu era uma tela protetora — devia colocar-me diante deles. Quanto mais eu visse, menos eles veriam. Comecei a vigiá-los num suspense abafado, num alvoroço disfarçado que poderia muito bem, caso se prolongasse por muito tempo, adquirir o perfil de loucura. O que me salvou, percebo agora, foi o novo rumo que os fatos tomaram. O suspense não prevaleceu — ele foi sobrepujado por provas horríveis desde o momento em que percebi completamente a situação.

Tudo ocorreu numa tarde em que eu estava no jardim com o mais jovem de meus alunos. Havíamos deixado o jovem Miles dentro da casa, numa almofada vermelha, ao lado de uma janela alta; ele desejava terminar a leitura de um livro, e eu estava alegre por encorajar esse propósito tão nobre num rapaz cujo único defeito era, às vezes, o de ser ativo em excesso. Sua irmã, ao contrário, animara-se a sair, e caminhei com ela por cerca de meia hora, procurando uma sombra, pois o sol ainda estava a pino, e o dia, estava quente. Eu estava bem consciente, enquanto avançávamos, de como, tal como o irmão, ela era capaz — isso era algo encantador em ambas as crianças — de deixar-me sozinha sem parecer que me abandonava e de acompanhar-me sem "grudar" em mim. Eles nunca se mostravam inoportunos, mas também não se faziam ausentes. A atenção que eu devotava a eles limitava-se a observá-los enquanto se divertiam livremente sem mim: esse era um espetáculo que pareciam preparar ativamente e no qual me envolviam como uma espectadora ativa. Eu entrava num mundo de sua criação — eles não tinham tempo para se envolver com o meu; de modo que o meu tempo era tomado com apenas ser, a eles, alguma coisa ou pessoa notável que a brincadeira do momento exigia, e que era meramente, em virtude de minha posição superior, o meu sinal de exaltação, uma feliz e elevadamente distinta sinecura. Não me lembro de que papel eu desempenhava naquela ocasião. Lembro-me apenas de que eu era alguém muito importante e muito silencioso, e que Flora estava muito compenetrada em sua brincadeira. Estávamos à beira do lago, e como tínhamos recentemente começado a estudar Geografia, o lago era o Mar de Azov.

Subitamente, nessas circunstâncias, tornei-me consciente de que no outro lado do Mar de Azov tínhamos um espectador interessado. O modo como esse conhecimento chegou até mim foi a coisa mais estranha do mundo — a mais estranha, digo, exceto se comparada com algo ainda mais estranho em que esse fenômeno rapidamente transformou-se. Eu tinha me sentado com uma peça de costura nas mãos — pois representava o papel de alguém que podia sentar-se — no velho banco de pedra de onde se podia avistar o lago inteiro. E nessa posição comecei a sentir com segurança, ainda que não tivesse a visão direta, a presença, a alguma distância, de uma terceira pessoa. As velhas árvores, o denso matagal, proporcionavam uma grande e agradável sombra, mas estava tudo difuso com o brilho da hora quente e calma. Não havia ambigüidade em coisa alguma; nenhuma, ao menos, na convicção que surgia em meu espírito, de um momento para o outro, do que eu veria bem diante de mim, através do lago, ao erguer os olhos. Nessa injunção, eles estavam concentrados nos pontos da costura que me ocupava, e posso sentir novamente o espasmo de meu esforço para não movê-los daquela posição, até que eu tivesse me acalmado e decidido o que fazer. Havia um objeto estranho no meu campo de visão — uma figura cujo direito de se fazer presente questionei instantaneamente com paixão. Recordo-me de que refleti sobre todas as possibilidades, lembrando a mim mesmo de que nada seria mais natural, por exemplo, do que o aparecimento de um dos homens do lugar, de um mensageiro, um carteiro, ou um entregador de mercadorias do vilarejo. Essa hipótese teve pouco efeito sobre a minha convicção, tal como eu tinha consciência — mesmo antes de olhar — sobre o caráter e a atitude de nosso visitante. Nada seria mais natural do que essas coisas serem outras, diferentes daquelas que elas absolutamente não eram...

Eu tomaria conhecimento da identidade da aparição assim que o pequeno relógio da minha coragem marcasse a hora certa. Enquanto isso não acontecia, com um esforço que já era agudo o bastante, transferi meus olhos para a pequena Flora, que, naquele momento, se encontrava a umas dez jardas. Meu coração tinha parado de bater por um momento quando, com espanto e terror, perguntei-me se ela também poderia vê-lo. Prendi a respiração enquanto aguardava que ela soltasse um grito, algum súbito sinal inocente de interesse ou de alarme que servisse de indicativo. Esperei, mas nada ocorreu; então, em primeiro lugar — e há nisso algo mais horrendo do que aquilo que irei narrar — fui tomada pela sensação de que, em um minuto, todos os sons que vinham dela haviam cessado; e, em segundo lugar, pela circunstância de que, também no mesmo minuto, ela havia, em sua brincadeira, virado as costas para a água. Essa foi a atitude dela quando, finalmente, a olhei com a convicção de que estávamos ainda, ambas, sendo observadas por alguém. Ela apanhara um pequeno pedaço de madeira chata, com um pequeno orifício que evidentemente sugeria a ela a idéia de enfiar ali uma varinha que serviria como um mastro, transformando o brinquedo num barco. Enquanto eu a observava, ela estava muito concentrada, e apertava o fragmento de madeira no orifício. A atenção àquela sua atividade sustentou-me por alguns segundos, até que eu me sentisse pronta para o próximo passo. Então, novamente, desviei o meu olhar para afrontar o que eu devia afrontar.

CAPÍTULO VII

Assim que pude, fui ao encontro da Sra. Grose, e não posso contar de maneira inteligível a luta que travei nesse intervalo. Todavia, até agora posso ouvir o grito que soltei quando me atirei nos seus braços: "Eles *sabem* — é terrível demais: eles sabem, eles sabem!"

— Sabem o que, santo Deus? — senti a sua incredulidade quando a abracei.

— Ora, sabem tudo o que nós sabemos, e Deus sabe o que mais! — Então, quando ela me soltou, contei a ela, e talvez só nessa hora eu tenha compreendido, com inteira coerência, tudo o que se passara. — Há duas horas, no jardim — eu mal podia articular-me — Flora viu!

A Sra. Grose ouviu-o como se levasse um soco no estômago.

— Ela contou à senhorita? — perguntou arquejante.

— Nem uma palavra, e esse é o horror. Ela guardou tudo para si! A criança de oito anos, *aquela* criança!

Eu estava tão estupefata que não conseguia expressar-me.

A Sra. Grose, é claro, podia apenas ficar boquiaberta.

— Então, como a senhorita sabe que ela viu?

— Eu estava lá; vi com meus próprios olhos: ela estava totalmente consciente.

— A senhorita quer dizer que ela estava consciente da presença *dele*?

— Não, da *dela* — eu sabia que estava me referindo a coisas prodigiosas, pois percebi o reflexo lento delas no rosto de minha companheira. — Uma outra pessoa, desta vez; mas uma figura sem dúvida maligna e horrível: uma mulher vestida de preto, pálida e assustadora com um jeito, uma cara!, do outro lado do lago. Eu estava lá com a menina, em silêncio, e naquele momento ela chegou.

— Veio como? Veio de onde?

— De onde eles vêm! Ela apenas apareceu e ficou ali, mas não tão perto.

— E não chegou mais perto?

— Oh, mas a sensação e o sentimento que eu tinha era o de que ela estava tão próxima de nós quanto a senhora está de mim agora.

Minha companheira, com um impulso incomum, recuou um passo.

— Tratava-se de alguém que a senhorita nunca antes vira?

— Sim. Mas era alguém que a menina já viu. Alguém que a *senhora* conhece — então, para demonstrar que eu havia refletido sobre o assunto, afirmei: — Minha antecessora, a moça que morreu.

— A Srta. Jessel?

— A Srta. Jessel. Não acredita em mim? — insisti.

Aflita, ela virava-se para a direita e para esquerda.

— Como a senhorita pode estar tão segura disso?

Isso me causou, no meu estado de nervos, um lampejo de impaciência.

— Então pergunte à Flora; *ela* sabe! — Mas assim que disse isso, contive-me. — Não, por Deus, não! Ela responderá que não, ela mentirá.

A Sra. Grose não estava tão atordoada que não fosse capaz de protestar.

— Ah, como a senhorita sabe?

— Porque tenho certeza. Flora não quer que eu saiba.

— Aposto que ela deseja poupar a senhorita.

— Não, há profundidades e profundidades nisso! Quanto mais percebo mais o temo. Não há o que não perceba e o que não tema!

A Sra. Grose tentava acompanhar o meu raciocínio.

— Quer dizer que teme vê-la novamente?

— Oh, não. Isso não significa coisa alguma a essa altura —expliquei. — O que temo é *não* vê-la.

Mas minha companheira apenas pareceu-me pálida.

— Não compreendo a senhorita.

— Bem, o que temo é que a criança a veja, e certamente a criança poderá vê-la, sem que eu saiba.

Diante da possibilidade, a Sra. Grose quase desfaleceu por um momento, para, em seguida, recompor-se, como se obtivesse forças de algo que lhe indicava que, caso recusássemos um único passo, o pior ocorreria.

— Querida, querida, devemos manter o equilíbrio! Afinal, se ela não se incomoda... — tentou ainda fazer uma piada cruel. — Talvez seja porque gosta!

— Gostar de algo assim — um toquinho de gente daqueles?!

— Não será essa uma demonstração simples de sua abençoada inocência? — perguntou corajosamente a minha amiga.

Por um momento ela quase me convenceu.

— Oh, devemos nos apegar a isso; precisamos nos agarrar a isso! Se não é uma prova do que a senhora diz, é uma prova de Deus sabe o quê! Pois a mulher é o horror dos horrores.

Ao ouvir isso, a Sra. Grose fixou os olhos no chão por um minuto; depois, finalmente quando ergueu-os, perguntou:

— Diga-me, como é que a senhora sabe?

— Então, admite que é isso que ela era? — eu disse.

— Diga-me, como é que sabe? — repetiu.

— Como sei? Porque eu a vi! Pelo aspecto do seu olhar.

— Então, o olhar que ela lançou sobre a senhorita era tão maligno assim?

— Sobre mim, não — eu bem que poderia ter suportado isso. Ela nem sequer me dirigiu uma olhadela. Ela olhava para a menina o tempo todo.

A Sra. Grose procurava visualizar aquilo que eu lhe contava.

— Olhava para a menina?

— Ah, e com uns olhos tão medonhos!

Ela olhou para os meus olhos como se pudessem evocar os da mulher.

— Quer dizer que eram olhos de aversão?

— Deus nos ampare. Não. Eram olhos de algo muito pior.

— Pior do que aversão? — isso a deixou de fato perturbada.

— Com uma determinação indescritível. Com um tipo de intenção furiosa.

O que eu disse fez que ela empalidecesse.

— Intenção?

— De apossar-se dela.

A Sra. Grose — os olhos postos sobre os meus — estremeceu e andou em direção à janela; e enquanto estava ali, olhando para fora, completei a minha sentença.

— É disso que Flora tem consciência.

Após um momento, virou-se.

— A senhorita está dizendo que a pessoa estava vestida de preto?

— De luto, bem pobre, quase andrajosa. Mas, sim, com uma beleza extraordinária — agora reconhecia até onde eu havia finalmente trazido, golpe após golpe, a vítima de minha confidência, pois ela visivelmente tentava pesar cada informação. — Oh, bela, muito bela — insisti. — Maravilhosamente bela, mas infame.

Lentamente, ela voltou-se para mim.

— A Srta. Jessel era infame — novamente ela segurou a minha mão entre as suas, apertando-a como que para fortalecer-me contra o desespero que poderia contaminar-me em virtude de suas revelações. — Eles eram ambos infames — finalmente declarou.

Então, por um momento, voltávamos a encarar juntas a situação; e senti o grande benefício de ver tudo de modo tão direto.

— Aprecio — disse — a sua grande decência em não me ter revelado isso até aqui; mas é certamente chegada a hora de a senhora falar abertamente sobre tudo.

Ela pareceu concordar, mas ainda mantinha o silêncio.

Prossegui:

— Preciso saber agora. Como foi que ela morreu? Houve algo entre eles?

— Havia tudo entre eles.

— Apesar das diferenças?

— Sim, apesar da diferença de classe, de condição — afirmou com pesar. — *Ela* era uma dama.

Refleti sobre aquilo. Lembrei-me da mulher:

— Sim, ela era uma dama.

— E ele era terrivelmente inferior — disse a Sra. Grose.

Senti que, sem dúvida, não precisava pressioná-la demais, naquela circunstância, a respeito do lugar de um empregado na hierarquia; mas não havia nada que me impedisse de aceitar a avaliação de minha companheira a respeito do rebaixamento de minha antecessora. Havia uma forma adequada de lidar com a questão, e eu o fiz. Tinha claro à minha frente o falecido camareiro, inteligente e bonito — e também desavergonhado, seguro, mimado, depravado.

— O sujeito era um cão.

A Sra. Grose considerou aquele caso como se fosse uma questão de matizes.

— Nunca encontrei alguém como ele. Ele fazia o que bem entendia.

— Com ela?

— Com todos.

Era como se agora a Srta. Jessel houvesse aparecido outra vez aos olhos de minha companheira. De qualquer forma, pensei ter tido, por um instante, evocada pelos seus olhos, a mesma nítida visão que eu tivera dela junto ao lago; e falei decidida:

— Devia ser também o que ela desejava.

O rosto da Sra. Grose denunciou que assim fora de fato, mas ao mesmo tempo, disse:

— Pobre mulher: ela pagou por isso.

— Então a senhora sabe como ela faleceu?

— Não, não sei. Eu não queria saber. Eu estava feliz por não saber e agradeci aos céus por ela estar bem longe daqui!

— Contudo, a senhora fazia alguma idéia...

— Do motivo real de sua partida? Oh, sim, sobre isso certamente. Ela não poderia ter permanecido. Imagine algo assim ocorrer a uma governanta! E depois imaginei e ainda imagino coisas medonhas.

— Não tão medonho como aquilo que eu imagino — repliquei, e ao fazê-lo devo ter mostrado a ela, pois estava muito convicta, uma cara de miserável derrota. Foi o que despertou novamente toda a sua compaixão por mim, e, ao toque renovado de sua gentileza, meus esforços por resistir não foram suficientes. Desfiz-me em lágrimas, como na ocasião anterior; ela me envolveu em seu seio maternal, e meus lamentos transbordaram. — Não posso fazê-lo — solucei desesperada. — Não posso salvá-las, nem mesmo protegê-las! É muito pior do que eu sonhara — as crianças estão perdidas.

CAPÍTULO VIII

Era verdade que eu dissera à Sra. Grose que naquele assunto havia profundidades e possibilidades que eu não tinha coragem para averiguar, de tal modo que, quando nos encontramos novamente sob o impacto dele, julgamos ter o dever de resistir às fantasias extravagantes. Na falta de algo mais, deveríamos manter o equilíbrio mental — por mais difícil que fosse em face daquilo que, em nossa experiência prodigiosa, estava já acima de questionamentos. Mais tarde, naquela noite, enquanto todos dormiam, tivemos outra conversa em meus aposentos, quando ela concordou comigo, que, acima de qualquer dúvida, eu havia visto exatamente aquilo que acreditara ter visto. Para mantê-la perfeitamente em sintonia, descobri que me bastaria perguntar-lhe como, caso eu tivesse "inventado", eu teria conseguido dar, de cada uma das pessoas que me haviam aparecido, uma pintura que apresentava os mínimos detalhes, suas marcas características — um quadro diante do qual ela os havia reconhecido instantaneamente, chamando-os pelo nome. Ela desejava, é claro — e não se pode culpá-la por isso! — esquecer o assunto; e eu fui rápida em lhe garantir que o meu único interesse era libertar-me daquilo tudo. Chegamos ao acordo sobre a probabilidade de que, com a recorrência — pois estávamos certas de que ocorreria sempre — eu iria acostumar-me ao perigo, confessando que a minha exposição pessoal havia de súbito se tornado o menor dos meus incômodos. A minha nova suspeita é que era intolerável; e mesmo a essa complicação, as últimas horas do dia tinham trazido algum alívio.

Ao deixá-la, após o meu primeiro desabafo, naturalmente voltei ao convívio de meus alunos, encontrando o remédio certo para o meu transtorno por meio daquela sensação de encantamento que eu sempre poderia cultivar, o que nunca me havia faltado. Em outras palavras, eu simplesmente mergulhava novamente naquele mundo todo especial de Flora, e ali sabia que — e isso era quase um luxo — ela poderia colocar a sua mãozinha cuidadosa bem em cima do lugar dolorido. Ela tinha olhado para mim com ares de uma doce especulação e depois me acusara de ter "chorado". Eu supunha ter me livrado desses feios sinais: mas naquele instante podia até sentir-me feliz, estando sob os efeitos dessa insondável caridade, por eles não terem desaparecido totalmente. Olhar para a profundeza do azul daqueles olhos infantis e concluir que aquela doçura não seria mais que um truque de prematura sagacidade faria que me sentisse culpada de cinismo, e eu preferia renunciar a um julgamento desse tipo, escapando também ao estado de agitação que ele me traria. Não podia renunciar apenas por desejar, mas eu podia repetir à Sra. Grose — como eu fizera ali, muitas e muitas vezes, nas horas de folga — que, com as vozes das crianças no ar, com seus abraços apertados no coração, e seus rostos perfumados colados no meu, tudo se reduzia a pó, exceto a sua fragilidade e a sua beleza.

Era uma pena que, de algum modo, para resolver esse assunto definitivamente, eu tivesse de igualmente reenumerar os sinais de astúcia que, naquela tarde, junto ao lago, me fizeram dar um espetáculo miraculoso de autocontrole. Era uma pena que eu fosse obrigada a reinvestigar a certeza daquele momento e repetir que a revelação — que viera por meio daquela comunhão inconcebível, — era uma questão de hábito, para ambas partes. Era uma pena que eu devesse novamente rever os motivos que não me deixavam duvidar de que a menina enxergara nossa visitante tal como eu via a Sra. Grose. E que ela queria, embora tivesse de fato visto, fazer-me supor que não vira, e, sem nenhuma demonstração, adivinhar se eu tivera a mesma visão. Era uma pena que, mais uma vez, eu tivesse de descrever a atividade incomum pela qual ela procurava desviar minha atenção: o aumento perceptível de movimento, a maior intensidade de brincadeira, sua canção, a infantil tagarelice sobre baboseiras, e o seu convite para brincar.

Todavia, se eu não me tivesse entregado a esse exame dos fatos — para provar que nada havia neles — teria perdido os dois ou três motivos de consolo que ainda permaneciam comigo. Eu não deveria, por exemplo, ser capaz de asseverar à minha companheira que eu estava certa — contribuindo para o bem de todos — de que *eu*, ao menos, estava certa. Não teria sido levada, pela pressão da necessidade, pelo desespero mental — mal sei como denominar aquela sensação — a invocar um auxílio maior da inteligência que poderia emergir se colocasse minha companheira contra a parede. Ela havia me contado, detalhe por detalhe, sob pressão, muita coisa; mas uma pontinha traiçoeira na outra extremidade daquilo que contara, às vezes roçava o meu semblante como a asa de um morcego; e lembro-me de que modo nessa ocasião — pois a casa estava dormindo e a mistura de perigo e vigilância pareciam ajudar — senti a importância de dar um último puxão na cortina.

— Não creio em algo que seja tão medonho — lembro-me de ter dito. — Não, vamos deixar definitivamente claro, minha querida, que não creio nisso. Mas, se acreditasse, exigiria agora, sem poupá-la de qualquer minúcia, qualquer detalhe que me dissesse tudo. Em que pensava quando, comovida à leitura da carta, antes de Miles chegar do colégio, a senhora respondeu, cedendo à minha insistência, que não podia jurar que ele nunca fora mau? Nessas semanas em que tenho convivido ao lado dele e que o tenho observado de tão perto, ele *nunca* foi mau; tem sido um imperturbável prodígio de encantamento, de amável bondade. Portanto, a senhora poderia perfeitamente ter atribuído a ele aquelas qualidades, a não ser que a senhora, como de fato ocorreu, tivesse testemunhado alguma exceção em seu comportamento. Qual foi essa exceção e a que passagem de sua convivência pessoal com o menino a senhora se referia?

Era uma inquirição terrivelmente rigorosa, mas não podíamos nos dar a leviandades, e de qualquer maneira, antes que a aurora nebulosa nos separasse, eu tinha obtido a resposta. O que minha companheira tinha em mente, veio a propósito. Era nem mais nem menos a circunstância de que por um período de vários meses, Quint e o menino tinham sido inseparáveis. Era de fato verdade que ela tinha se arriscado a criticar esse comportamento, de sugerir que se tratava de uma inconveniência, de uma ligação tão próxima, e mesmo de ir tão longe com o problema, a ponto de se abrir a seu respeito com a Srta. Jessel. A antiga governanta havia, da maneira mais estranha, dito a ela que cuidasse de sua própria vida, e a boa mulher, por essa razão, dirigira-se ao próprio Miles. Pelo que pude saber dela, o que disse ao menino é que ela gostaria que jovens cavalheiros não se esquecessem da sua posição.

É claro que eu quis saber um pouco mais:

— A senhora fez que o menino percebesse que Quint era apenas um empregado?

— É como que a senhorita diz. E a reação do menino não foi inteiramente boa.

— Por que não foi? — perguntei. — Ele contou para Quint?

— Não, não foi isso. Esse é o tipo de coisa que ele não faria! — ela ainda podia impressionar-me. E acrescentou: — Tenho certeza, de qualquer modo, de que isso ele não fez. Mas negou certas ocasiões.

— Que ocasiões?

— Quando eles tinham andado tão juntos que Quint parecia o seu tutor, como se fosse um professor muito importante, e a Srta. Jessel, a tutora exclusiva da menina. E negou quando saía com esse sujeito, e passava horas com ele.

— Ele então foi evasivo sobre o assunto, disse que não tinha saído com Quint? — Seu assentimento foi claro o suficiente para que eu acrescentasse no instante seguinte: — Compreendo agora, ele mentiu.

— Oh! — murmurou a Sra. Grose, sugerindo que isso não era um problema, o que, de fato, ela reforçou com uma outra observação: — Veja bem, afinal de contas, a Srta. Jessel não ligava. Ela não o proibiu.

Refleti:

— Ele chegou a usar esse argumento para se justificar?

Nesse ponto, ela deteve-se outra vez.

— Não, ele nunca mencionou esse fato.

— Nunca mencionou a ligação que havia entre a Srta. Jessel e Quint?

Ela percebeu, visivelmente ruborizada, onde eu queria chegar.

— Bem, ele nunca demonstrou coisa alguma. Ele negou.

Deus, como eu a pressionava agora!

— Então a senhora percebeu que ele sabia o que se passava entre os dois perversos?

— Não sei, não sei! — gemeu a pobre mulher.

— A senhora sabe, minha querida. É que apenas a senhora não tem o meu terrível atrevimento mental, e guarda consigo, por timidez, modéstia e delicadeza, até a impressão de que, no passado, quando era obrigada a debater-se em silêncio, sem o meu apoio, perante o que ocorria, isso a fez sentir-se miserável. Mas ainda hei de lhe arrancar tudo isso. Havia algo no menino que sugeria à senhora que encobria e ocultava a relação entre eles.

— Oh, ele não poderia impedir...

— Que a senhora soubesse a verdade? Aposto que não! Mas, céus — fui veemente, pensando em voz alta. — Isso demonstra o que eles, até esse ponto, lograram fazer do menino!

— Ah, nada que não seja bom *agora*! — disse a Sra. Grose, lugubremente.

— Não me espanta que a senhora estivesse meio estranha — persisti — quando mencionei a carta da escola!

— Duvido que eu parecesse mais estranha do que a senhorita — ela replicou com sua energia rude. — E, se o menino era tão mau então, como pode parecer-se com um anjo agora?

— Sim, de fato, e se ele foi um demônio na escola! Como, como? Bem — disse atormentada — a senhora precisa perguntar-me isso de novo, mas somente serei capaz de responder-lhe daqui a alguns dias. Mas, volte a perguntar-me!— exclamei de um modo que fez com minha companheira arregalasse os olhos. — Há direções nas quais não posso permitir que eu avance no momento.

Enquanto isso, retornei ao seu primeiro exemplo — àquele a que ela se referira anteriormente — da feliz disposição do menino para um deslize ocasional. Eu disse:

— Se Quint, diante da advertência que a senhora lhe fez daquela vez, era apenas um empregado, uma das coisas que Miles deve ter dito, fico imaginando, é que a senhora também era — novamente, seu assentimento foi tão imediato que continuei: — E a senhora o perdoou?

— A senhorita não o perdoaria?

— Oh, sim! — E trocamos ali, na quietude, um riso da mais peculiar hilariedade. Então prossegui: — De qualquer modo, enquanto ele ficava com o homem...

— A Srta. Flora ficava com a mulher. Era conveniente para todos.

Também era conveniente para mim, pensei; com isso quis dizer que também convinha à mortal suspeita que eu estava justamente querendo sufocar. Mas tal fora o meu êxito em controlar a expressão do meu pensamento, que não direi, neste ponto, nada que não possa ser deduzido a partir da última observação que fiz à Sra. Grose:

— Que o menino tenha mentido e sido insolente é, devo confessar, menos grave do que aquilo que esperava que a senhora revelasse a respeito do surgimento, nele, de um pequeno homem natural. Ainda assim — refleti — isso me faz ver que é necessário vigiar.

Fiquei ruborizada no minuto seguinte por perceber no rosto de minha companheira como ela havia perdoado o menino, sem nenhuma restrição, tendo em vista que a brincadeira despertara a minha ternura, dando-me a oportunidade de fazer o mesmo. Isso ocorreu quando, à porta da sala de estudos, ela já me deixava.

— Certamente a senhorita não condena *o menino*...

— De ocultar-me um relacionamento? Ah, lembre-se que, até que haja melhores evidências, não acusarei ninguém — então, antes de fechar a porta para que ela se fosse, por outra passagem, para os seus próprios aposentos, concluí: — Devo apenas esperar.

CAPÍTULO IX

Esperei e esperei, e, com o decorrer dos dias, o meu sofrimento em parte se desfez. Na verdade, uns poucos dias passados na constante presença de meus alunos, sem qualquer novo incidente, eram suficientes para apagar, com uma espécie de esponja, os meus devaneios angustiantes e até mesmo lembranças terríveis. Já disse que a minha entrega à sua extraordinária graça infantil era algo que cultivava ativamente, e imaginem se negligenciaria agora a possibilidade de me abastecer nessa fonte, com tudo o que ela oferecia. Mais estranho do que eu possa exprimir, naturalmente, era o esforço de minha luta para evitar a luz das mais recentes revelações. Entretanto, a pressão teria sido ainda maior, sem dúvida, caso eu não tivesse alcançado sucessos tão freqüentes. Eu costumava me espantar com o fato de que minhas crianças podiam não perceber que eu pensava coisas estranhas a seu respeito; e o fato de que essas coisas apenas as tornavam mais interessantes não ajudava a conservá-los na ignorância. Eu tremia ao pensar que elas poderiam perceber que aquilo os tornava imensamente mais interessantes. Vendo as coisas pelo pior ângulo, de qualquer maneira, tal como eu fazia tão freqüentemente em minhas reflexões, qualquer mácula em sua inocência podia ser apenas — inculpáveis e predestinados como eram — uma razão a mais para correr riscos. Havia momentos quando, por meio de um impulso irresistível, surpreendia-me arrebatando-os e apertando-os contra o meu peito. Assim que eu terminava de fazê-lo, eu costumava me perguntar: "O que vão pensar disto? Não é uma forma óbvia de me trair?" Teria sido fácil entrar em um triste emaranhado de idéias a respeito do quanto eu poderia me trair; mas sentia que a verdadeira razão para as horas de paz que ainda podia desfrutar era a de que o encanto imediato de meus companheirinhos era feito de um feitiço ainda eficaz, mesmo sob a sombra da possibilidade de ser algo premeditado. Ocorria-me que eu poderia, ocasionalmente, provocar suspeitas pelas pequenas explosões de uma paixão mais aguda por eles, e, por isso, lembro-me também de que imaginava se não haveria uma certa estranheza no aumento das demonstrações calorosas das próprias crianças.

Nesse período, eles pareciam gostar de mim de um modo extravagante e acima do natural; o que, afinal de contas, eu podia refletir que seria apenas uma reação graciosa de crianças sempre tratadas com mimos e carinho. Essas homenagens que eles me faziam tão prodigamente eram tão benfazejas aos meus nervos, que não procurava nelas nenhum propósito secundário. Acho que eles nunca quiseram fazer tanto por sua pobre protetora; quero dizer, embora se estivessem saindo cada vez melhor em seu aprendizado, o que para ela era, naturalmente, sua maior satisfação — no sentido de diverti-la, entretê-la, surpreendê-la; lendo-lhe passagens, contando-lhe histórias, propondo-lhe charadas, lançando-se sobre ela em disfarces, como animais e personagens históricos, e, acima de tudo, surpreendendo-a com os trechos de poemas secretamente decorados que eram capazes de recitar. Não conseguiria expor em profundidade — ainda que agora me deixasse levar pelas lembranças — os prodigiosos comentários, todos sob ainda mais restrita correção, com os quais, naqueles dias, eu assinalava as suas horas produtivas. Eles haviam demonstrado, desde o início, uma grande facilidade para tudo, uma habilidade geral que, tomando um novo impulso, alçava vôos notáveis. Completavam suas pequenas tarefas como se as amassem e, a partir da mera exuberância de seus dons, realizavam os mais espontâneos milagres de memória. Eles surgiam diante de mim não apenas como tigres e guerreiros romanos, mas como personagens de Shakespeare, astrônomos, e navegadores. O caso era de tal modo singular que contribuiu para a tranqüilidade nada natural que demonstrei ao tratar da possibilidade de uma outra escola para Miles. O que me recordo é de que eu estava satisfeita naquele tempo em não ter que lidar com o assunto, e esse contentamento certamente emanava da sensação que me trazia a sua perpétua e fabulosa exibição de inteligência. Ele era inteligente demais para ser estragado nas mãos de uma governanta medíocre, a filha de um pároco; e o mais estranho, se não o mais cintilante fio desse bordado mental a que me referi era a impressão de que eu poderia ter tido, se eu tivesse me atrevido a analisá-la, que ele estava sob uma certa influência que agia sobre a sua pequena vida intelectual, na forma de um estímulo poderoso.

Entretanto, se era fácil refletir que um menino com essa capacidade poderia adiar a sua volta à escola, era igualmente óbvio que o fato de esse mesmo menino ter sido "expulso" por um diretor escolar era um mistério sem fim. Permitam-me acrescentar que na companhia das crianças agora — e eu evitava estar longe deles — eu não podia farejar nada de novo. Vivíamos numa nuvem de música, amor, sucesso e representações. A musicalidade de cada criança era das mais aguçadas, mas o mais velho, em especial, possuía um dom maravilhoso para captar e repetir os sons. O piano da sala de estudos irrompia nas mais exóticas fantasias; e quando estas terminavam, ouvia-se as confabulações deles pelos cantos, e a seguir um deles saía com grande animação a fim de retornar como algum novo personagem. Eu mesma tinha irmãos, e não era novidade para mim que meninas menores podiam ser escravas da idolatria em relação aos meninos. O que ultrapassava tudo o que eu conhecia era que pudesse haver um menino no mundo que pudesse ter uma consideração tão extraordinária por alguém mais novo, e que era de um sexo e de uma inteligência considerados inferiores. Eram extraordinariamente unidos, e dizer que nem mesmo brigavam ou reclamavam seria dar uma impressão grosseira de sua qualidade de doçura. Às vezes, de fato, era eu quem pecava pela grosseria, quando imaginava perceber os pequenos acordos que faziam, pelos quais um deles me mantinha ocupada enquanto o outro podia escapulir. Existe um lado ingênuo, suponho, em toda diplomacia; mas, se meus alunos aprontavam-me alguma, era certamente com o mínimo de maldade. Foi em outro setor que, depois de um trégua, a maldade se manifestou.

Sinto que realmente hesito neste ponto; mas devo dar o meu mergulho. Prosseguindo com o relato daquilo que era hediondo em Bly, não apenas desafio a fé mais liberal, o que pouco me importa, mas — e este é um outro problema — renovo aquilo que sofri, percorrendo aquela mesma jornada até o fim. Sobreveio uma hora a partir da qual, quando olho em retrospectiva, o caso parece ter sido puro sofrimento para mim; mas ao menos eu tinha alcançado o seu coração, e a estrada mais direta é sem dúvida aquela que nos conduz ao avanço. Uma noite — sem que nada me conduzisse ou preparasse para isso — senti o toque frio daquela impressão que soprara sobre mim na noite em que eu chegara e que, muito mais leve naquele tempo, não me teria deixado qualquer recordação se minha estada subseqüente tivesse sido menos agitada. Eu não tinha ido para a cama. Sentei-me para ler junto a um par de velas. Havia um quarto repleto de livros velhos em Bly — romances do século passado, entre eles alguns de fama negativa, mas nunca a ponto de terem se tornado relíquias, deixando de alcançar aquela casa retirada, onde constituíam um apelo à curiosidade descomprometida de minha juventude. Recordo-me de que o livro que tinha em minhas mãos era *Amélia*, de Fielding; lembro-me também de que estava inteiramente desperta. Lembro-me mais ainda de que sentia uma convicção geral de que era terrivelmente tarde, mas que por uma objeção particular, evitava olhar o meu relógio. Guardo a imagem, finalmente, da cortina branca que caía, como era moda naqueles dias, sobre a cabeceira da pequena cama de Flora, e eu já havia me certificado, bem antes, de que ela repousava, perfeitamente, em seu sono infantil. Lembro-me, em resumo, de que, embora eu estivesse profundamente interessada pelo meu autor, surpreendi-me ao virar uma página, deixando que o seu encanto se esvaísse e desviando o meu olhar para a frente, fixando-o na porta do meu quarto. Houve um momento em que ouvi, lembrando a vaga sensação daquela primeira noite, que algo indefinível movimentava-se dentro da casa, e notei a brisa suave que vinha pela abertura da janela e acabara de mover a cortina entreaberta. Então, com todos os sinais de uma deliberação que teria parecido magnífica, se houvesse alguém para admirar, deixei o meu livro de lado, ergui-me, e, pegando uma das velas, saí decidida do quarto e do corredor, onde minha luz ajudava muito pouco, fechei e tranquei a porta sem fazer ruídos. Não sei dizer agora que força atribuiu-me uma tal determinação, nem o que me guiou, mas avancei direto pelo corredor, erguendo minha vela, até deparar com uma janela alta que dominava a grande curva da escada. Nesse ponto, descobri-me subitamente consciente de três coisas praticamente simultâneas, embora me chegassem em lampejos sucessivos. Minha vela, por causa de uma agitação mais forte, apagou-se, e percebi, através da janela encoberta, que a luz cedida pelos primeiros momentos da alvorada faziam-na desnecessária. Sem ela, no instante seguinte, vi que havia alguém na escadaria. Falo de seqüências, mas não precisei mais que um lapso de segundos para enrijecer diante de um terceiro encontro com Quint. A aparição tinha chegado ao platô que ficava no meio da escada e estava, assim sendo, no ponto mais próximo da janela, onde, ao me ver, parou de súbito e fixou os olhos tal como fizera da torre e do jardim. Ele me conhecia tão bem quanto eu o conhecia; e assim, na fria e tímida luz do amanhecer, com um brilho no vidro da janela alta e outro no carvalho encerado da escada, encaramo-nos, com mútua intensidade. Ele era, nessa ocasião, uma presença viva, detestável e perigosa. Mas esse não era o maior dos espantos, reservo essa distinção para uma outra circunstância, e sim que o sentimento de terror havia inequivocamente me deixado e que não havia nada em mim que não o encarasse e medisse bem.

Senti uma angústia plena depois daquele momento extraordinário, mas não tinha, graças a Deus, nenhum sentimento de medo. E ele sabia que eu não o tinha mais — logo percebi de modo magnífico que eu estava consciente disso. Senti, extremamente confiante, que se eu ficasse no ponto em que estava por um minuto, eu conseguiria — ao menos por algum tempo — evitar que ele me amedrontasse. Durante aquele minuto, de fato, a situação foi tão humana e hedionda como uma entrevista real — hedionda apenas porque era uma situação humana, tão humana quanto seria se eu tivesse me encontrado, nas horas mortas, em uma casa adormecida, com algum inimigo, aventureiro ou criminoso. Era o silêncio morto de nossa longa troca de olhares, a uma distância tão pequena, monstruoso como era, que dava ao horror todo o seu único aspecto sobrenatural. Se eu houvesse topado com um assassino num lugar como esse e numa hora dessas, nós, ao menos, teríamos conversado. Alguma coisa ter-se-ia passado, na vida, entre nós. Se nada houvesse ocorrido, um de nós teria saído do lugar. O momento foi tão prolongado que teria sido necessário apenas um pouco mais para me fazer duvidar até mesmo que eu estava viva. Não posso exprimir o que se deu a seguir, a não ser dizendo que o próprio silêncio — que era, de algum modo, uma prova de minha força — tornou-se o elemento no qual eu vi a figura desaparecer, em silêncio, como se desse modo eu pudesse observar o vil miserável a quem essa figura pertencera um dia. Vi-o voltar as costas para mim como se recebesse uma ordem, e passou. Com os olhos nas costas do vilão — que nenhuma corcova teria desfigurado mais — eu o vi descendo as escadas e adentrando a escuridão na qual a próxima curva estava mergulhada.

CAPÍTULO X

Permaneci por um momento no topo da escada, mas com a intenção real de certificar-me de que, ao sair dali, meu visitante havia de fato partido. Depois regressei aos meus aposentos. A primeira coisa que pude enxergar com o auxílio da luz da vela que eu deixara acesa foi que a pequena cama de Flora estava vazia. Diante disso, prendi a minha respiração com todo o terror que eu fora capaz de resistir cinco minutos antes. Joguei-me sobre o lugar em que a deixara deitada e vendo ali que — pois a pequena colcha de seda e os lençóis estavam desarrumados — as cortinas brancas haviam sido puxadas para frente por engano; então, o meu passo, para o meu inexprimível alívio, produziu um ruído sem resposta; percebi uma agitação por trás da cortina, e a criança, agachando-se, saiu prontamente do outro lado. Ela estava ali com muita candura e pouca camisola, com seus descalços pés rosados, e com o brilho dourado de seu cabelo cacheado. Parecia estar intensamente séria, e eu jamais sentira tamanha perda de uma vantagem adquirida — cuja emoção havia sido tão prodigiosa — como essa em minha consciência de que ela se dirigia a mim com reprovação.

— Sua malvada, aonde é que a senhorita foi?

Em vez de questioná-la por sua atitude incorreta, achei-me justamente acusada e pus-me a explicar. Quanto a ela, explicou-se, por aquele incidente, com a mais amorosa e ardente simplicidade. Ela havia percebido subitamente, enquanto se deitava, que eu estava fora do quarto, e havia pulado da cama para ver o que ocorrera comigo. Com a alegria de seu reaparecimento, eu havia me deixado cair numa cadeira, sentindo-me então, e somente nesse momento, um pouco abatida. Ela correu direto na minha direção, e atirou-se sobre meus joelhos para ser abraçada, enquanto a chama da vela iluminava todo o seu lindo rostinho que ainda estava rubro de sono. Lembro-me de que fechei os olhos por um instante, entregando-me, conscientemente, diante de algo excessivamente belo que emanava do azul dos seus olhos.

— Procurava por mim olhando pela janela? — perguntei. — Pensou que eu estivesse andando pelos arredores?

— Bem, sabe, pensei que havia alguém lá — respondeu sorrindo, sem empalidecer.

Oh, como eu a olhava agora!

— E viu alguém lá?

— Ah, não! — respondeu — quase com o inteiro privilégio da inconseqüência infantil, ofendida, embora houvesse uma longa doçura na lentidão com que pronunciou aquela negativa.

Naquele momento, em meu estado de nervos, tive certeza absoluta de que ela havia mentido; e se novamente fechei os meus olhos, isso se deu em razão da tontura que senti perante as três ou quatro possibilidades possíveis pelas quais eu poderia aceitar a sua resposta. Uma delas, por um momento, tentou-me com uma intensidade tão singular que, para resistir-lhe, devo ter apertado a garotinha com um espasmo ao qual ela, maravilhosamente, se submeteu, sem um único grito ou sinal de pavor. Por que não me abrir inteiramente com ela ali mesmo, e apresentar-lhe tudo, diante daquele seu rostinho iluminado? "Você vê, você vê, você sabe que vê e já possui a suspeita de que eu sei; sendo assim, por que não confessá-lo francamente para mim, de modo que, pelo menos, possamos viver juntas com isso, e talvez aprender, na estranheza de nosso destino, onde estamos e o que isso significa."

Essa súplica desvaneceu-se, ai de mim, da mesma forma que apareceu. Se pudesse ter sucumbido a ela, imediatamente, eu poderia ter-me poupado. Bem, vocês verão de quê. Em vez de sucumbir, ergui-me novamente, olhei para a cama dela e tomei um inútil caminho intermediário.

— Por que você puxou a cortina sobre a cama para me fazer pensar que ainda estava deitada?

Flora refletiu, iluminadamente, e em seguida, com seu sorrisinho divino, disse:

— Porque não gosto de assustar a senhorita!

— Mas, se de acordo com a sua idéia, eu havia saído?

Ela negou-se inteiramente a ficar embaraçada; voltou os seus olhos para a luz da vela como se a pergunta fosse irrelevante, ou pelo menos tão impessoal quanto uma questão sobre a Sra. Marcet ou de nove vezes nove.

— Oh, mas a senhorita sabia — respondeu muito adequadamente — que iria retornar, querida, e foi o que fez!

E, depois de um instante, quando já havia voltado para a cama, tive de ficar ali, por longo tempo, sentada perto dela e segurando a sua mão, a fim de provar como a minha volta havia sido oportuna.

Vocês podem imaginar a complicação geral, a partir daí, que se tornaram as minhas noites. Seguidamente, eu ficava sentada até altas horas; escolhia momentos em que minha colega de quarto estava inequivocamente adormecida, e, de modo sorrateiro, andava sem fazer ruídos pelo corredor, e chegava até o ponto em que havia me encontrado com Quint da última vez. Mas nunca o encontrei ali outra vez — e posso logo dizer que nunca mais o encontrei na casa. Por outro lado, perdi por pouco, na escada, uma aventura diferente. Olhando para baixo, do topo, reconheci uma vez a presença de uma mulher sentada em um dos degraus mais baixos, de costas viradas para mim, a metade de seu corpo abaixado e a cabeça, numa atitude de aflição, enfiada entre as mãos. Eu tinha estado ali por um instante, todavia, quando ela desapareceu sem ter olhado para mim. Apesar disso, eu conhecia, exatamente, o rosto medonho que ela tinha para me apresentar; e quis saber se, em vez de estar no topo, estivesse na parte de baixo, teria tido a mesma coragem que demonstrara diante de Quint. Bem, existiram ainda muitas oportunidades para a coragem. Na décima primeira noite depois de meu último encontro com aquele cavalheiro — eu as contava a essa altura — enfrentei um perigo que a pôs à prova e que, de fato, tendo em vista a sua qualidade particular de inesperado, foi o meu choque mais profundo. Foi precisamente na primeira dessa série de noites em que, exausta com a vigília, senti que, sem negligência, eu poderia me deitar na minha hora costumeira. Dormi imediatamente, e como soube mais tarde, até a uma da madrugada, mas quando despertei, foi para me sentar, lúcida, como se uma mão me sacudisse. Eu tinha deixado uma vela acesa, mas ela estava agora apagada, e senti instantaneamente que Flora a havia apagado. Isso fez que me levantasse logo, em meio à escuridão, e me dirigisse à sua cama, que descobri vazia. Um olhar para a janela deu-me uma idéia, e um fósforo que risquei completou a imagem.

A criança havia novamente se levantado, dessa vez apagando a vela, e havia outra vez, para observar ou reagir a algo, se enfiado por trás da cortina e dali perscrutava a noite. Que ela agora via — eu agora estou convencida de que não conseguira ver da primeira vez — ficou provado para mim pelo fato de que ela não se incomodou nem por eu ter reacendido a vela, nem pelo barulho que fiz para calçar os chinelos e me embrulhar num roupão. Escondida, protegida, absorvida, ela evidentemente se apoiava no parapeito — as folhas da janela abertas — e mostrava-se toda. Havia uma grande lua imóvel para ajudá-la, o que influenciou a decisão rápida que tomei. Ela estava cara a cara com a aparição que encontramos no lago, e podia agora se comunicar com ela, tal como não pudera fazer antes. O que eu tinha de fazer era, sem interrompê-la, alcançar, passando pelo corredor, uma outra janela, no mesmo lado da casa. Cheguei à porta sem que ela me ouvisse. Saí, fechei a porta, e ouvi, vindo do outro lado, algum som que ela produzia. Enquanto estava no corredor, olhei na direção da porta do quarto do irmão, que ficava a dez passos, o que, indescritivelmente, produziu em mim a renovação daquele estranho impulso que mencionei que antes me tentara. E se eu entrasse ali em andasse direção à sua janela? E se, arriscando a revelar as minhas razões ao seu assombro de menino, eu atirasse o laço da minha audácia no resto do mistério?

Esse pensamento me deteve o bastante para que eu alcançasse o batente de sua porta e parasse outra vez. Eu ouvia com uma capacidade sobrenatural. Procurava imaginar o que seria aquilo que eu escutava, queria saber se a cama do menino estaria igualmente vazia, e se ele também estaria olhando secretamente. Foi um momento profundo e silencioso, ao final do qual o meu impulso abrandou-se. Ele estava quieto, deveria ser inocente; o risco era hediondo, afastei-me. Havia uma silhueta nos jardins — um vulto rondando no encalço de sua presa, um visitante com quem Flora tinha encontro marcado; mas não era a visita mais interessante para o meu menino. Outra vez hesitei, mas por razões distintas e apenas por alguns segundos e então fiz a minha escolha. Havia quartos vazios em Bly, e era apenas uma questão de fazer a escolha certa. Subitamente, o mais adequado pareceu-me o que ficava no térreo — embora ficasse bem acima dos jardins —, situado na esquina sólida da casa que eu havia chamado de torre velha. Era um aposento amplo, quadrado, organizado com uma certa pompa como um quarto de dormir, mas as suas proporções extravagantes o tornavam demasiado inconveniente, tanto que não era ocupado havia anos, embora fosse mantido em uma ordem impecável pela Sra. Grose. Eu o havia observado muitas vezes e sabia como me movimentar lá dentro; tinha apenas de transpor a escuridão do seu abandono, vencendo o arrepio que isso me daria, para tirar o ferrolho do postigo, fazendo o mínimo de ruídos. Alcançando essa posição, descobri a janela silenciosamente e, encostando o meu rosto à vidraça, fui capaz de ver, como a escuridão de fora era bem menor do que a de dentro, que havia andado no rumo certo. Então vi algo mais. A lua fazia que a noite fosse extraordinariamente clara, mostrando-me no gramado uma pessoa que, reduzida pela distância, estava ali, imóvel, e, como que fascinada, olhando para cima, na direção em que eu havia aparecido — quer dizer, não exatamente na minha direção, mas na direção de algo que, aparentemente, estava acima de mim. Havia, claramente outra pessoa acima de mim — havia alguém na torre; mas a presença no gramado não era nem de perto aquela que eu havia concebido e corrido para encontrar. A pessoa no gramado — senti um mal estar quando descobri — era o próprio Miles.

CAPÍTULO XI

Só pude falar com a Sra. Grose no final do dia seguinte; o rigor com o qual eu mantinha os meus alunos sob a minha vista dificultava freqüentemente que nos encontrássemos sozinhas, e ainda mais que cada uma de nós considerava importante não provocar — tanto da parte dos criados como da parte das crianças — suspeita de uma perturbação secreta ou da discussão de mistérios. Nesse sentido extraía uma grande segurança apenas pelo aspecto tranqüilo da Sra. Grose. Não havia nada no seu rosto doce que transmitisse aos outros as horríveis confidências que eu lhe fazia. Ela acreditava em mim, eu estava certa, absolutamente certa: do contrário, não sei qual teria sido o meu fim, pois não teria como suportar a situação sozinha. Mas ela era um magnífico monumento à benção que pode ser a ausência de imaginação, e se ela não enxergava em nossas crianças nada além de sua beleza e amabilidade, sua felicidade e sua inteligência, não tinha um canal direto de comunicação com as fontes dos meus problemas. Se eles fossem visivelmente mutilados ou feridos, ela certamente se abateria o suficiente para abordá-los e investigar as causas. Do modo como andavam as coisas eu podia sentir que, quando ela procurava saber algo sobre eles, com os seus grandes e brancos braços cruzados, e o hábito da serenidade em seu olhar, ela agradecia a misericórdia divina julgando que, mesmo que estivessem despedaçados, ainda assim os cacos teriam serventia. Em sua mente, os vôos fantasiosos davam lugar ao brilho estável do fogo de uma lareira, e eu já percebia que ela desenvolvera a convicção de que — tendo os dias transcorrido sem nenhum acidente notório — nossos jovenzinhos poderiam, afinal, cuidar bem de si mesmos, e ela devia dirigir a maior parte de suas atenções ao caso triste de sua instrutora. Para mim, essa era uma saudável simplificação. Eu poderia esforçar-me para que, ao mundo, o meu rosto não refletisse os meus problemas, mas teria sido, naquelas condições, uma tensão imensamente maior se tivesse de me preocupar muito com sua aparência.

A essa hora sobre a qual me refiro ela havia se unido a mim, cedendo à minha insistência, no terraço, onde, com o lapso da estação, o sol da tarde era agora agradável; e sentamo-nos ali juntas enquanto, diante de nós, a uma certa distância, mas ao alcance da voz, se desejássemos, as crianças passeavam de lá para cá com um excelente estado de espírito. Movimentavam-se lentamente, em uníssono, abaixo de nós, sobre o gramado, o menino, lendo em voz alta um livro de histórias, com o braço em torno da irmã para mantê-la próxima de si. A Sra. Grose observava-os com uma placidez imperturbável; então, notei o sufocado ranger intelectual com o qual ela conscientemente voltou-se para extrair de mim uma descrição do que estava no verso daquela tapeçaria. Eu a havia tornado um receptáculo de coisas sinistras, mas lá estava um reconhecimento ímpar de minha superioridade — minhas conquistas e função, na sua paciência perante minha dor. Ela oferecia a sua mente às minhas revelações como se, caso eu desejasse preparar uma poção de bruxa e lhe propusesse a idéia com convicção, ela me desse um grande caldeirão bem limpo. Essa havia se tornado integralmente a sua atitude ao tempo em que, no meu relato da noite anterior cheguei ao ponto da resposta que Miles me dera quando, depois de vê-lo, numa hora tão intempestiva, quase no mesmo lugar em que ele estava agora, eu descera para ir buscá-lo. Para isso, lá da janela, diante da necessidade imperiosa de não alarmar a casa, eu havia escolhido não um método, mas um sinal silencioso.

Deixei-a na dúvida, explicando que não seria capaz de descrever com sucesso, apesar de sua grande paciência de ouvinte, minha sensação de que o menino conseguira superar, com esplêndida inspiração, o desafio da minha bem articulada inquirição, depois que eu o pusera para dentro. Assim que apareci, à luz da lua, no terraço, ele havia avançado na minha direção com absoluta tranqüilidade; logo tomei sua mão e o conduzi, através dos espaços escuros, escada acima, onde Quint rondara tão faminto à sua procura, ao longo do saguão onde eu escutara e tremera, até chegarmos ao seu quarto abandonado.

Nada dissemos um ao outro no caminho, e eu me indagava —

oh, como havia me indagado! — se ele estaria elaborando em seu pequeno espírito algo plausível, algo que não fosse grotesco demais. Ele precisaria de toda a sua inventividade, certamente, e eu senti, dessa vez, diante do seu embaraço, uma curiosa emoção de vitória. Era uma armadilha muito bem urdida para alguém tão astucioso! Ele não mais poderia alegar inocência; assim, então, de que modo ele poderia safar-se daquela situação? De súbito, ocorreu-me, com a intrusão apaixonada desta pergunta, o mesmo apelo silencioso: como eu poderia me safar daquela situação? Eu estava sendo confrontada, finalmente, como jamais fora antes, com todo o risco que se desprendia de minha horrenda atitude. Lembro-me, de fato, de que, enquanto entrávamos em seu pequeno quarto, onde a cama mal tinha sido usada naquela noite, e a janela, aberta à luz da lua, trazia tanta claridade que não era necessário acender um fósforo, lembro-me de como eu subitamente deixei-me cair, afundando na beirada do colchão, atingida pela força da idéia de que ele realmente saberia como me enganar. Ele poderia fazer o que quisesse, para se ajudar com toda a sua inteligência, enquanto eu continuaria a pertencer à antiga tradição de culpabilidade daqueles educadores de jovens que ensinam por meio de superstições e temores. Ele me havia "apanhado", de fato, num alçapão; pois quem iria um dia me absolver? Quem evitaria que eu fosse para a forca se, pelo menor tremor de uma sugestão, eu me tornasse a primeira pessoa a introduzir em nosso perfeito relacionamento um elemento tão medonho? Não, não... era inútil tentar transmitir à Sra. Grose, como é quase impossível tentar sugeri-lo aqui, de que modo, em nosso breve e firme embate no escuro, ele conquistou com habilidade a minha admiração. Fui naturalmente gentil e compassiva. Nunca, nunca antes pusera sobre os seus ombros mãos tão ternas como aquelas com as quais, enquanto eu me apoiava contra a cabeceira da cama, abraça-o ali, bem embaixo da luz da vela. Não tive alternativa senão falar com ele, ao menos para cumprir uma formalidade.

— Você precisa me contar agora, contar a verdade completa. O que estava fazendo lá fora?

Posso ainda ver o seu maravilhoso sorriso, o branco dos seus lindos olhos, e o brilho de seus dentinhos no escuro.

— Se eu lhe contar, a senhorita compreenderá?

Nesse ponto, meu coração quase saiu pela boca. Ele realmente me diria os motivos? Senti-me sem voz para pedir, e respondi apenas com um vago sinal de cabeça. Ele era a personificação da gentileza, e, enquanto eu balançava a cabeça diante dele, permaneceu ali, como um pequeno príncipe de contos de fada. Foi esse seu brilho que acabou por me dar um certo alívio. Seria um brilho assim tão grande se ele fosse, de fato, contar-me algo?

— Bem, foi justamente para que a senhorita o fizesse.

— Fizesse o quê?

— Para que pensasse que eu, só para variar, posso ser mau!

Nunca me esquecerei da doçura e do jeito gaiato com que ele pronunciou essas palavras, nem de como, em seguida, curvou-se para me beijar. Foi praticamente o fim de tudo. Retribuí-lhe o beijo e tive de fazer, enquanto o estreitava por um minuto nos meus braços, o mais estupendo esforço que podia para não chorar. Ele havia se justificado de tal modo que não me permitia ir além daquele ponto, e teve apenas o efeito de confirmar a minha aceitação do que dissera. Enquanto eu lançava um olhar pelo quarto, pude perguntar:

— Então foi por isso que você não trocou de roupa para dormir?

Ele exibia um brilho bonito no escuro.

— Não foi por isso, não. Apenas sentei-me para ler.

— E a que horas você desceu?

— À meia-noite. Quando sou mau, sou mau *mesmo*.

— Entendo, entendo — era encantador. — Mas como você poderia ter certeza de que eu saberia?

— Oh, eu combinei isso com Flora — suas respostas surgiam prontamente! — Acertamos que ela se levantaria e olharia para fora.

Foi exatamente o que ela fez. Fui eu quem sentiu estar caindo numa armadilha!

— Então ela chamou sua atenção, e para ver o que estava vendo, a senhorita foi também olhar.

— Enquanto você — participei da explicação — buscava a morte no frio da noite!

Ele assumiu um ar de triunfo, perguntando:

— De que outro modo eu poderia ter sido mau o suficiente?

Depois, após mais um abraço, o incidente e nossa conversa terminaram com o meu reconhecimento de todas as reservas de bondade que, para poder aprontar sua brincadeira, ele havia lançado mão.

CAPÍTULO XII

A impressão particular que tive desse episódio provou-se, à luz da manhã, repito, não muito fácil de apresentar com sucesso à Sra. Grose, embora eu a reforçasse com a menção de outra observação do menino antes de nos separarmos.

— Tudo se resume a meia dúzia de palavras — eu disse a ela — palavras que realmente resolveram o assunto: Pense no que eu seria capaz de fazer. Ele veio com essas palavras para mostrar-me sua capacidade. Ele sabe muito bem o que ele poderia fazer. Foi disso que ele deu uma mostra ao pessoal do colégio.

— Deus, como a senhorita muda de idéia! — resmungou a minha amiga.

— Não mudo, vou apenas chegando a certas conclusões. Esses quatro, esteja certa, encontram-se continuamente. Se em alguma dessas duas últimas noites, tivesse ficado com qualquer das crianças, teria entendido claramente. Quanto mais eu vigiava e esperava, mais eu sentia que, se nada mais houvesse que pudesse prová-lo, isso se daria apenas pelo silêncio sistemático das crianças. Nunca, nem por um único deslize, aludiram a qualquer um dos seus velhos amigos, do mesmo modo que Miles nunca fez alusões à sua expulsão da escola. Oh, sim, podemos nos sentar aqui para observá-los, e eles só vão nos mostrar aquilo que lhes interessa; mesmo quando fingem estar perdidos em seu conto de fadas, estão mergulhados na sua visão dos mortos reaparecidos. Pensa que ele está lendo para ela? Não. Estão conversando com eles. Falam horrores! Continuo, sei, como se eu estivesse louca; e é surpreendente que eu não esteja. O que já vi, teria levado a senhora à insanidade; mas isso tudo só fez que eu ficasse ainda mais lúcida, que compreendesse outras coisas.

Minha lucidez devia parecer horrível, mas a visão de criaturas encantadoras que dela eram vítimas, passando e repassando no gramado, num doce entrelaçamento, deu à minha colega algo em que se sustentar; e senti com que força ela se apoiava nisso, pois, sem deixar-se envolver pelo poder de minha paixão, ela os acompanhava com os olhos.

— Que outras coisas a senhorita compreendeu?

— Ora, essas mesmas que me deliciaram, fascinaram, e que ainda, no fundo, como percebo agora tão estranhamente, mistificaram-me e perturbaram-me. A beleza mais que terrena que eles têm, sua bondade sobrenatural. Trata-se de um jogo — prossegui — é uma artimanha e uma fraude.

— Da parte desses queridinhos?

— Que são ainda como bebês adoráveis? Sim, por mais louco que isso pareça — o simples ato de falar sobre o assunto ajudou-me a compreendê-lo melhor, seguindo-o do início ao fim e unindo as suas partes desconexas. Continuei: — Eles não têm sido bonzinhos; têm sido apenas ausentes. Tem sido fácil viver com eles simplesmente porque estão vivendo uma vida independente. Eles não estão comigo, eles não estão conosco. Eles estão com ele e com ela!

— Com Quint e com aquela mulher? — Oh, como a Sra. Grose, ao ouvir isso, olhou para as crianças! — Mas, para quê? — disse ela.

— Por causa de todo o mal que, naqueles dias medonhos, o casal semeou no coração deles. E o desejo de continuar a alimentá-los com aquele mal, para prosseguir com as suas obras demoníacas, é o que os traz de volta.

— Deus! — disse a minha amiga suspirando.

A exclamação era familiar, mas revelava uma aceitação real da minha prova daquilo que, nos tempos ruins — pois houve um tempo em que as coisas estavam ainda piores! — devia ter ocorrido. Não existiria justificativa melhor para mim do que essa simples aceitação da sua experiência sobre aquela dupla sórdida. Foi numa óbvia rendição à memória que ela afirmou:

— Eles *eram* crápulas! Mas o que eles podem fazer agora?

— Fazer? — repeti numa voz tão alta que Miles e Flora, enquanto passavam a distância, pararam por um instante e nos olharam. — Já não fazem o bastante? — inquiri num tom mais baixo, enquanto as crianças, após sorrirem, acenarem e nos mandar beijos, voltaram às suas exibições. Suspendemos nossa conversa por um minuto, então respondi: — Eles podem destruí-los! — Ouvindo isso, minha amiga virou-se, mas a pergunta que lançou era silenciosa, o que me levou a falar com clareza ainda maior: — Eles ainda não sabem bem como fazê-lo, mas estão se esforçando para achar um meio. São vistos apenas em lugares estranhos e elevados, como vimos; o topo das torres, o telhado das casas, o lado de fora das janelas, as margens do outro lado dos lagos. Mas há uma determinação profunda, em cada um deles, de encurtar a distância e superar o obstáculo; e o êxito de suas tentativas é apenas uma questão de tempo. Eles precisam apenas manter-se fiéis às suas sugestões de perigo.

— Para que as crianças caiam em suas armadilhas?

— E sucumbam — a Sra. Grose ergueu-se devagar, e eu acrescentei escrupulosamente: — A menos, é claro, que possamos impedir.

De pé, à minha frente, enquanto eu permanecia sentada, ela visivelmente refletia sobre as coisas que falamos.

— O tio delas deve impedir. Ele precisa levá-las daqui — disse ela.

— E quem vai convencê-lo disso?

Ela estava olhando para o horizonte, mas voltou a fixar-me com uma expressão ingênua. Respondeu:

— A senhorita.

— Escrevendo-lhe para contar que sua casa está envenenada e seus sobrinhos estão loucos?

— Mas, e se eles *estiverem mesmo*, senhorita?

— E se eu também estiver louca, é o que a senhora está insinuando? São notícias encantadoras para serem enviadas a ele por uma governanta cuja obrigação precípua era a de poupá-lo de preocupações.

A Sra. Grose refletiu, seguindo outra vez as crianças com os olhos.

— Sim, ele de fato odeia preocupações. Essa foi a grande razão...

— Que permitiu a esses perversos enganarem-no por tanto tempo? Sem dúvida, embora a sua indiferença deva ter sido igualmente horrível. Como não sou uma perversa, de qualquer modo, não hei de enganá-lo.

Minha companheira, após um breve tempo, sentou-se novamente, segurou o meu braço e respondeu rapidamente:

— Peça a ele que venha ter com a senhorita.

Arregalei os olhos.

— Ter comigo? — Senti um temor súbito do que ela poderia fazer. — Ele?

— Ele precisa estar aqui; precisa ajudar.

Levantei-me rapidamente, e acho que lhe mostrei uma expressão no rosto mais estranha do que nunca.

— A senhora imagina que eu seria capaz de pedir a ele para fazer uma visita?

Não, com os olhos dela fixados nos meus, é evidente que ela não poderia imaginar isso. Em vez disso, entretanto — tal como uma mulher compreende a outra — ela podia ver o que eu mesmo via: o escárnio, a diversão, o desdém dele pelo fato de eu ter-me resignado à minha solidão, e pela engrenagem admirável que eu pusera em operação para atrair sua atenção aos meus pobres encantos. Ela não conhecia — ninguém conhecia — a dimensão de meu orgulho por servi-lo e por manter-me fiel ao nosso acordo: todavia, ela levou em consideração, penso eu, a advertência que agora lhe fazia:

— Caso a senhora perca a cabeça a ponto de apelar a ele em meu favor...

Ela estava realmente atemorizada.

— Sim, senhorita?

— No mesmo instante, eu abandonaria a ambos: tanto a ele quanto à senhora.

CAPÍTULO XIII

Era muito bom estar ao lado deles, mas conversar com eles tornou-se um esforço demasiadamente grande, além das minhas forças — oferecia, na intimidade, dificuldades tão intransponíveis quanto as que já encontrara até então. Essa situação perdurou por um mês, com novos agravantes e notas peculiares. A principal delas, cada vez mais aguda, era aquela que revelava uma consciência irônica da parte de meus alunos. Não se tratava, estou certa agora tanto quanto estava naquela ocasião, apenas do resultado infernal de minha própria imaginação. Era absolutamente visível que estavam conscientes dos meus apuros e que essa estranha relação produzia, de algum modo, por um longo tempo, o ambiente em que vivíamos. Não estou dizendo que eles mostrassem a língua ou fizessem qualquer coisa muito vulgar, pois esse não era um de seus defeitos. O elemento do inominável e intangível tornou-se, entre nós, maior do que tudo o mais, e tamanha abstenção não teria sido tão bem-sucedida sem que existisse uma boa dose de um acordo tácito. Era como se, em alguns momentos, estivéssemos nos encontrando perpetuamente com sujeitos diante dos quais tínhamos de parar, desviando-nos, subitamente, de becos que percebíamos ser sem saída, fechando as portas com um certo tipo de ruído que nos fazia olhar uns para os outros — pois, como todos os ruídos, eram mais altos do que pretendíamos —, ruídos de portas que havíamos aberto indiscretamente. Todos os caminhos levam a Roma, e houve um tempo em que tínhamos a impressão de que quase todos os ramos de estudo ou todo tema de nossas conversas atravessavam os limites dos territórios proibidos. Território proibido era a questão do retorno dos mortos em geral e daqueles que, em especial, deviam sobreviver na memória, de amigos que as crianças tinham perdido. Houve dias em que eu poderia jurar que um deles, com uma pequena e imperceptível cotovelada, dizia ao outro:

— Ela pensa que vai falar desta vez, mas não vai!

Fazê-lo teria sido, por exemplo, ceder à tentação — e de uma vez por todas — de fazer alguma referência direta à mulher que me antecedera. Possuíam um delicioso e infinito apetite pelas histórias de minha própria vida, as quais contei repetidas vezes; eles sabiam de tudo o que já me acontecera, cada circunstância das minhas pequenas aventuras e as de meus irmãos e irmãs, do gato e do cão que tínhamos em casa, tanto quanto muitas peculiaridades da natureza excêntrica de meu pai, da mobília e decoração de nossa casa, e das conversas entre as velhas mulheres de nossa vila. Havia assunto suficiente, uma história conduzindo à outra, para alimentar nossas conversas, desde que fôssemos ágeis o bastante e soubéssemos instintivamente aquilo que tinha de ser evitado. Eles tocavam, com arte própria, as cordas da minha criatividade e de minha memória; e é possível que nada tenha despertado tanto a minha suspeita de estar sendo observada disfarçadamente, como pude mais tarde perceber, ao refletir sobre essas ocasiões. De qualquer modo, era apenas sobre a *minha* vida, *meu* passado, e *meus* amigos, que podíamos conversar tranqüilamente; era um estado de coisas que os levava, às vezes, sem a menor pertinência, a invadir as minhas recordações sociais. Eu era convidada — sem alguma conexão aparente — a repetir sempre o famoso mote de Goody Gosling ou a confirmar os detalhes que já havia narrado sobre a esperteza do pônei do vicariato.

Era em parte por circunstâncias como essas e em parte por outras bem diferentes que, com a evolução dos meus problemas, os meus apuros — como eu os chamava — cresceram sensivelmente. O fato de que os dias passaram para mim sem que houvesse um novo encontro deveria, ao que parece, ter contribuído para acalmar os meus nervos. Desde a passagem de leve, naquela segunda noite na parte mais alta do térreo, de uma mulher aos pés da escadaria, nada mais eu tinha visto que alguém preferisse não ver, fosse do lado de dentro, fosse do de fora da casa. Havia uma série de cantos por ali em que eu esperava topar com Quint, e muitas situações que, de um modo sinistro, teriam favorecido a aparição da Srta. Jessel. Tínhamos vivido o verão, que chegava ao fim. O outono havia chegado em Bly reduzindo a luz pela metade. O lugar, com o seu céu acinzentado, e suas guirlandas embranquecidas, seus espaços vazios e as folhas mortas espalhadas, parecia um teatro ao término de uma apresentação — todo coberto por folhetos amassados. Havia na atmosfera as exatas condições de som e de silêncio, impressões indescritíveis do ritual que me trazia de volta, por tempo suficiente, a sensação do ambiente no qual, naquele entardecer lá fora, tive a minha primeira visão de Quint e também no qual, em outros instantes, depois de vê-lo atrás dos vidros, saí a procurá-lo pelo bosque. Eu reconhecia os sinais, o presságio — eu reconhecia o momento, o lugar. Mas eles permaneciam desolados e vazios, e eu não estava sendo molestada, se era certo afirmar que não estava sendo molestada uma jovem mulher cuja sensibilidade tinha tido, do modo mais extraordinário, não uma decaída, mas um aprofundamento. Em minha conversa com a Sra. Grose sobre aquela cena medonha que ocorrera com Flora junto ao lago, eu dissera a ela — e isso a deixou perplexa — que, daquele momento em diante, seria muito mais aflitivo para mim perder o meu poder que mantê-lo. Eu tinha afirmado naquela ocasião o que estava em meu espírito: a verdade de que, se as crianças haviam visto realmente ou não — uma vez que isso ainda não havia sido definitivamente provado — eu preferiria, para salvaguarda, correr o risco sozinha. Eu estava pronta para entrar em contato com o pior que havia para se conhecer. O monstruoso vislumbre que eu tivera até então atestava que meus olhos podiam estar selados exatamente quando os das crianças estariam abertos ao máximo. Bem, os meus olhos *estavam* selados, parecia, naquele instante — uma consumação perante a qual seria uma blasfêmia deixar de agradecer a Deus. Havia, ai de mim, uma dificuldade a esse respeito: eu O teria agradecido de toda a minha alma se não sentisse, na mesma medida, dentro da minha alma essa convicção de que as crianças guardavam um segredo.

Como posso hoje reviver os estranhos passos daquela minha obsessão? Em certos momentos, quando estávamos juntos, eu podia jurar que, em minha presença, mas sem que eu tivesse uma sensação direta disso, eles estavam acompanhados de visitantes conhecidos e que por eles eram bem-vindos. Então, ocorria que, se eu não fosse detida pela chance de que um tal dano poderia ser maior do que aquele que deveria ser evitado, eu teria explodido em exaltação. “Eles estão aqui, eles estão aqui, seus pequenos infelizes”, eu teria gritado, e vocês não podem negar essa verdade! “Os pequenos infelizes negavam-no, somando todo o volume de sua sociabilidade e de sua ternura, lá nas profundezas cristalinas de onde — como o lampejo de um peixe na corrente — o escárnio de sua vantagem despontava. O choque, na verdade, havia penetrado em mim mais profundamente do que eu estava consciente naquela noite em que, olhando para o jardim para avistar Quint ou a Srta. Jessel sob as estrelas, avistara o menino cujo sono eu deveria estar velando, e que imediatamente fora capaz de demonstrar — virara-se diretamente na minha direção — o adorável olhar com o qual, das ameias localizadas acima da minha posição, avistava a hedionda aparição de Quint. Se era uma questão de medo, minha descoberta naquela ocasião havia me assustado mais do que qualquer outra, e foi no estado de nervos provocado por ela que eu fazia as minhas reais induções. Elas me atormentavam tanto que às vezes, em momentos bizarros, eu me trancava para ensaiar em voz alta — era ao mesmo tempo um alívio fantástico e um desespero renovado — como eu faria para tocar diretamente na questão. Eu abordava o tema de um ou outro modo enquanto andava de lá para cá dentro do quarto, mas sempre sucumbia ao tentar proferir aqueles nomes monstruosos. E quando esses nomes desapareciam nos meus lábios, eu dizia a mim mesma que talvez eu os estivesse ajudando a representar algo infame já que pelo fato de pronunciá-los, eu poderia violar um caso de delicadeza instintiva que, de tão raro, nenhuma outra sala de aula tivesse conhecido. Quando eu dizia a mim mesma: "Eles têm a elegância de calar-se, e você, digna de tanta confiança, a baixeza de falar!", eu me sentia ruborizar e cobria a minha face com as mãos. Depois dessas cenas secretas, eu conversava mais do que nunca, prosseguindo em minha volubilidade, até que ocorria algum de nossos prodigiosos e palpáveis silêncios — não encontro outra forma para classificá-los — o estranho arrebatamento ou mergulho (procuro o termo exato!) numa quietude, uma pausa de toda a vida que nada tinha de ver com o ruído maior ou menor que fazíamos, e que eu podia ouvir através de qualquer animação mais profunda ou leitura mais acelerada ou acordes mais altos do piano. Isso significava que os outros, os intrusos, estavam lá. Embora não fossem anjos, eles "passavam" — como dizem os franceses —, fazendo-me estremecer, enquanto permaneciam, com medo de que dirigissem às suas jovens vítimas alguma mensagem ainda mais infernal ou mais vívida do que aquelas que consideravam boas o suficiente para mim.

O que me parecia mais difícil era livrar-me da idéia cruel de que, o que quer que eu tivesse visto, Miles e Flora tinham visto ainda mais — coisas horrendas e impensáveis, e que surgiam dos horríveis momentos de suas vidas comuns. Tais coisas, naturalmente, deixavam na superfície, por algum tempo, um arrepio que negava veementemente aquilo que sentíamos; e tínhamos, os três, repetidamente, alcançado uma técnica tão esplêndida que íamos, cada vez, quase de modo automático, marcando o desfecho do incidente, através dos mesmos movimentos. Era espantoso da parte das crianças, em todo caso, que elas me beijassem regularmente com um tipo de selvagem despropósito, sem nunca deixar — ora uma, ora a outra — de fazer a preciosa pergunta que nos havia ajudado a atravessar tantos perigos.

— Quando a senhorita acha que ele virá? Não acha que deveríamos escrever?

Não havia nada comparável àquela inquirição, aprendêramos pela experiência, para afastar qualquer inconveniente. "Ele" é naturalmente, o tio deles na Harley Street; e vivíamos discutindo sobre a teoria de que ele chegaria a qualquer momento para se unir ao nosso círculo. Era impossível que alguém fornecesse menor encorajamento do que ele a uma doutrina dessas, mas se não tivéssemos uma tal doutrina em que nos apoiar, teríamos nos privado, uns aos outros, de algumas de nossas mais refinadas representações. Ele jamais escrevia às crianças — podia tratar-se de um comportamento egoísta, mas era parte de uma lisonjeira confiança depositada em mim, pois é provável que o modo como um homem presta seu mais elevado tributo a uma mulher seja apenas a mais festiva celebração de uma das leis sagradas da sua comodidade.

E eu prosseguia dentro do espírito de minha promessa de não incomodá-lo ao deixar que as crianças percebessem que suas próprias cartas eram apenas um exercício literário encantador. Eram belas demais para serem colocadas no correio. Eu as guardava comigo. Guardo-as até hoje. Essa era uma regra, de fato, que apenas fazia aumentar o efeito satírico de eu ter me prendido à idéia de que ele poderia, a qualquer momento, estar entre nós. Era exatamente como se as crianças soubessem de que modo isso poderia ser embaraçoso para mim, mais do que nenhuma outra situação. Parece-me, além disso, ao olhar para trás, que não existe nenhuma nota mais extraordinária do que o mero fato de, apesar de todo o meu nervosismo e do triunfo deles, que eu nunca tivesse perdido a paciência com eles. Devem ter sido verdadeiramente adoráveis — reflito agora — para que eu não os odiasse nessa época! Teria a exasperação finalmente me traído, caso o alívio tardasse demais a chegar? Pouco importa, pois o "alívio" chegou. Chamo-o de alívio embora fosse apenas o alívio que uma quebra traz a uma tensão, ou que a súbita chegada de um trovão provoca num dia sufocante. Era, ao menos, uma mudança, e ela chegou impetuosa.

CAPÍTULO XIV

Caminhávamos para a igreja numa manhã de domingo; o pequeno Miles seguia ao meu lado, e sua irmãzinha ia um pouco à frente sob o olhar atento da Sra. Grose. Era um dia muito claro, o primeiro de uma série de outros como esse. A noite trouxera um toque de geada, e o ar outonal, brilhante e penetrante, fazia que o toque dos sinos soasse quase alegre. Foi uma associação inesperada de pensamentos que me fez sentir particularmente tomada de gratidão pela obediência das crianças. Por que jamais se ressentiram com a minha perpétua companhia? Uma coisa ou outra davam-me a sensação íntima de que eu trazia o garoto como se fosse um alfinete preso ao meu xale, e que, pelo modo como meus companheiros marchavam à frente, poderia até parecer que minha missão era a de evitar qualquer tipo de rebelião. Eu era como um carcereiro, atento às possíveis surpresas e tentativas de fuga. Mas tudo isso pertencia — falo de sua magnífica entrega — apenas a uma gama especial de fatos que eram os mais insondáveis. Vestido para o domingo pelo alfaiate de seu tio, o qual possuía uma ótima noção para talhar belos coletes, que realçavam com o seu ar de grandeza e seu direito à independência — além dos direitos naturais de seu gênero e posição social; tudo isso estava tão impresso no menino que se, subitamente, ele me surpreendesse com um pedido de liberdade, eu nada teria a dizer. Pela mais estranha das coincidências eu estava pensando sobre como deveria lidar com isso, quando a revolução inequivocamente aconteceu. Chamo-o de uma revolução porque vejo agora que, com a palavra que ele proferiu, a cortina ergueu-se para o último ato de meu horrível drama, e a catástrofe estava anunciada.

— Olhe aqui, minha querida — ele disse encantadoramente — diga-me por favor: quando é que, afinal, retornarei para a escola?

Transcrita aqui, sua fala soa bastante inofensiva, especialmente quando proferida naquele tom doce, elevado, casual com que, entre todos os interlocutores, e em especial para a sua eterna governanta, ele exprimia entonações como quem joga rosas. Havia algo nessas entonações que sempre "fisgava" as pessoas, e eu fui fisgada, de qualquer modo, tão efetivamente que parei de modo brusco, como se uma árvore tivesse caído, atravessando o nosso caminho. Algo novo surgira entre nós, ali mesmo, e ele estava perfeitamente consciente que eu o reconhecera, ainda que, para possibilitar que eu o fizesse, ele não precisasse parecer menos cândido e encantador do que o habitual. Eu podia sentir que ele já percebera uma vez que eu não encontrara uma resposta rápida — ele estava em posição vantajosa. Demorei tanto para encontrar alguma resposta que ele teve tempo suficiente para, depois de um minuto, continuar falando com seu sorriso sugestivo, mas indefinido:

— Sabe, minha querida, que para um rapaz, permanecer *sempre* com uma moça...!

Esse "minha querida" estava constantemente em seus lábios quando se dirigia a mim, e nada poderia expressar melhor o tom exato do sentimento com o qual eu desejava inspirar os meus alunos do que essa amorosa familiaridade. Era tão respeitosamente natural!

Mas, oh, como eu sentia naquele instante que precisava selecionar com cuidado as minhas palavras! Lembro-me de que, para ganhar tempo, tentei rir, e parece que vi, no lindo rosto com o qual ele me olhava, o reflexo da minha feia aparência e da minha estranheza.

— E sempre com a mesma mulher? — eu disse.

Ele não hesitou nem piscou. A coisa toda era muito clara entre nós.

— Ah, é claro que ela é uma moça alegre e perfeita, mas, afinal de contas sou um homem, a senhorita não vê? Quer dizer, estou crescendo.

Demorei-me ali com ele por um momento de completa delicadeza.

— Sim, você está crescendo.

Oh, mas senti-me abandonada! Tenho mantido até hoje a idéia dolorosa de que ele sabia disso muito bem e se divertia à minha custa.

— E a senhorita não pode dizer que não tenho sido extraordinariamente bom, não é verdade?

Coloquei a minha mão sobre o seu ombro, pois, embora eu

soubesse que seria muito melhor continuar andando, eu ainda não me sentia capacitada para fazê-lo.

— Não, não posso dizer isso, Miles.

— Com exceção daquela única noite, a senhorita sabe...!

— Aquela noite?

Eu não conseguia encará-lo tal como ele fazia comigo.

— Ora, quando desci e saí da casa.

— Oh, sim. Mas não me lembro o que o motivou a fazer aquilo.

— A senhorita não se lembra? — falou com a doçura extravagante de uma censura infantil. — Ora, foi apenas para lhe mostrar que eu era capaz!

— Oh, sim, você era capaz!

— E posso novamente.

Senti que poderia, talvez, afinal de contas, obter êxito em manterme equilibrada.

— Certamente. Mas você não o fará.

— Não, não *aquilo* novamente. Aquilo não foi nada.

— Não foi nada — eu disse. — Mas precisamos prosseguir.

Ele retomou a caminhada a meu lado, passando a sua mão em meu braço.

— Então, quando é que voltarei?

Para lhe responder, revesti-me do meu ar mais responsável.

— Você estava muito feliz na escola?

Ele refletiu um pouco.

— Oh, eu me sinto feliz o bastante em qualquer lugar! Ah, mas isso não basta! É claro que a senhorita tem muito conhecimento...

— Sugere que sabe tanto quanto eu? — arrisquei dizer quando ele deu uma pausa.

— Nem metade do que eu desejaria — admitiu honestamente. — Mas não é bem esse o problema.

— Do que se trata então? — eu disse.

— Bem eu quero conhecer mais a vida — ele respondeu.

— Entendo, entendo.

Tínhamos chegado perto da igreja e de várias pessoas, incluindo diversos empregados de Bly, que seguiam para o mesmo lugar e se aglomeravam próximos da porta para nos ver entrar. Eu queria chegar lá antes que a nossa discussão se ampliasse ainda mais; refletia ansiosamente que, por mais de uma hora, ele teria de ficar em silêncio e pensei com inveja na relativa obscuridade do banco e no auxílio quase espiritual da almofada sobre a qual eu apoiaria os meus joelhos. Eu parecia disputar uma corrida com o atordoamento a que ele estava prestes a me reduzir, mas senti que ele tinha vencido quando antes de atravessar o jardim da igreja, exclamou:

— Quero conviver com pessoas iguais a mim!

Isso me fez curvar-me para frente.

— Não há tantas pessoas iguais a você, Miles — falei rindo. — A não ser, talvez, a pequena Flora.

— A senhorita realmente me compara a uma menininha?

Isso me fez sentir particularmente enfraquecida.

— Então, você não ama a nossa doce Flora?

— Se não a amasse, e se não amasse a senhorita também, se eu não... — repetiu como se recuasse para dar um salto, e contudo deixando o seu pensamento tão inacabado que, após termos já atravessado o portão, uma outra parada, a qual ele me impôs pela força de seu braço, tinha se tornado inevitável.

A Sra. Grose e Flora tinham entrado na igreja, os demais fiéis haviam seguido, e nós ficamos, por algum tempo, sozinhos entre os velhos e densos túmulos. Havíamos parado no caminho, junto a uma tumba baixa, oblonga, que tinha a forma de uma mesa.

— Sim, se não nos amasse...?

Ele olhava para os túmulos, enquanto eu aguardava a resposta.

— Bem, a senhorita sabe o que quero dizer!

Mas ele não se moveu, e acabou por dizer algo que me fez cair sobre a laje da tumba, como se subitamente necessitasse de repouso:

— Será que o meu tio pensa o mesmo que a senhorita?

Fiquei imóvel propositalmente.

— Como você sabe o que eu penso?

— Ah, bem, é claro que não, pois me surpreende o fato de que a senhorita nunca me diga. Mas o que estou perguntando é se *ele* sabe.

— Sabe o que, Miles?

— Ora, a respeito do meu comportamento.

Percebi com rapidez suficiente que eu não poderia oferecer, a essa inquirição, uma resposta que não envolvesse algum tipo de sacrifício para o meu patrão. Parecia-me que todos nós, em Bly, fazíamos suficientes sacrifícios para que aquilo não fosse nada mais que um pecado venial.

— Não penso que o seu tio se importe muito.

Miles, ao ouvir isso, ficou onde estava olhando para mim.

— Então, a senhorita não acha que nós deveríamos fazer que ele se preocupasse?

— De que jeito?

— Ora, com a vinda dele até aqui.

— Mas quem conseguirá que ele venha?

— Eu!

O garoto disse isso com um brilho extraordinário e com ênfase. Deu-me um outro olhar carregado com aquela determinação e então marchou para dentro da igreja.

CAPÍTULO XV

A questão estava praticamente resolvida, já que desde esse momento eu não mais o segui. Era uma deplorável rendição ao nervosismo, mas o fato de estar consciente disso não teve o poder de me restaurar a tranqüilidade. Contentei-me em sentar ali, na minha tumba, procurando compreender o inteiro significado daquilo que meu pequeno amigo dissera. Quando finalmente julguei ter compreendido a história toda, resolvi também que não entraria na igreja e usaria como pretexto de minha ausência, tanto para meus alunos como para o resto da congregação, que tinha vergonha de lhes dar o exemplo do atraso. O que disse a mim mesma, acima de tudo, era que Miles havia de fato conseguido me abalar, e que a prova disso, para ele, seria justamente a minha ausência vexatória. Ele obtivera êxito em extrair de mim a confissão de um grande medo meu, e, provavelmente, seria capaz de usar esse meu temor para ganhar, em favor de seus próprios interesses, mais liberdade. Meu medo era o de ter de lidar com a intolerável questão das minúcias envolvidas em sua expulsão da escola, pois esse era o problema atrás da qual os horrores se escondiam. Que seu tio viesse para tratar comigo de tais assuntos era uma solução que eu mesma já desejava; mas me sentia tão incapaz de enfrentar o asco e a dor do problema, que simplesmente procrastinava e vivia dos assuntos cotidianos. O menino, para o meu grande desassossego, estava bem dentro de seus direitos, e em posição de me dizer:

— Ou a senhorita esclarece com meu guardião o mistério da interrupção de meus estudos, ou pare de esperar que eu conviva consigo uma vida tão artificial para um menino.

O que era tão pouco natural para aquele menino com quem eu

me preocupava era a súbita revelação de que tinha uma consciência e um plano.

Isso foi o que realmente me derrotou, aquilo que me impediu de entrar na igreja com ele. Andei em torno da igreja, hesitante; refletia que tinha já, em relação ao menino, cometido um erro irreparável. Portanto, não remendaria nada, além do que, seria um esforço excessivo espremer-me ao lado dele no banco da igreja: ele estaria tão mais confiante do que nunca para passar o braço em torno do meu, mantendo-me durante uma hora sentada próxima de si, em silencioso contato, para ouvir suas deduções sobre o que conversáramos. Pela primeira vez, desde o momento de sua chegada, minha vontade era afastar-me dele. Quando parei embaixo da elevada janela no lado leste da igreja e ouvi os sons do culto, senti um impulso capaz de me dominar inteiramente, se eu lhe desse o mínimo de encorajamento. Eu poderia facilmente pôr um fim aos meus apuros se simplesmente desaparecesse. Essa era a minha chance; não havia ninguém ali que me pudesse deter; eu poderia desistir de tudo, dar as costas e recuar. Era apenas uma questão de apressar-me novamente, para fazer alguns preparativos na casa, praticamente abandonada em virtude do comparecimento de tantos empregados à igreja. Ninguém, em resumo, poderia culpar-me se eu saísse em desespero. Qual seria a vantagem de fugir, se escapasse apenas até a hora do jantar? Jantaríamos em poucas horas, ao final das quais — podia prever com exatidão — meus pequenos alunos brincariam com ar inocente de espanto sobre a minha ausência da comitiva.

"O que a senhorita fez, sua levada, sua malvada? Por que afinal, preocupou-nos tanto embaralhando nossos pensamentos também? Por que a senhorita nos abandonou bem na porta?

Eu não teria condições de enfrentar essas perguntas, com os seus pequenos olhares adoravelmente falsos; todavia, era precisamente isso que eu enfrentaria. Como aquela perspectiva se tornava mais aguda para mim, finalmente fui embora. Pelo menos por aquele momento, afastei-me. Saí do cemitério da igreja e, pensando seriamente, retornei pelo mesmo caminho, através do parque. Parecia-me que, quando cheguei a casa, já havia decidido que fugiria. A tranqüilidade de domingo nas proximidades e no interior da casa excitaram-me com um senso razoável de oportunidade. Se saísse rapidamente, dessa forma, não haveria a necessidade de uma cena, de uma só palavra. Minha agilidade teria de ser notável. Apenas o meio de transporte era o grande problema a ser resolvido.

Atormentada, no *hall*, com as dificuldades e obstáculos, lembro-me que desabei ao pé da escadaria e subitamente caí no primeiro degrau. Com repulsa, lembrei-me de que fora ali, havia mais de um mês, na escuridão da noite, e tão afetada pelas coisas malignas, que vira o espectro da mais horrenda de todas as mulheres. Diante dessa lembrança ganhei forças, subi o resto da escada. Em meio ao meu atordoamento, cheguei à sala de estudos, onde havia objetos meus e que eu teria de levar na fuga. Mas abri a porta para me achar novamente, num relance, com os olhos arregalados. Diante do que vi, fui tomada por uma vertigem e tive de recorrer a todas as minhas forças.

Sentada em minha própria escrivaninha à luz do meio-dia, vi alguém que, se não tivesse tido as experiências anteriores, eu teria considerado, pela aparência, ser alguma empregada que ficara em casa para tomar conta do lugar e que, sentindo-se num momento de rara liberdade, tinha se sentado à mesa com minhas canetas, tinta, papel, e se dedicava a escrever uma carta ao namorado. Havia um esforço no modo como, enquanto seus braços descansavam sobre a mesa, suas mãos, com evidente cansaço, sustentavam a cabeça; mas quando vi, já estava consciente de que, apesar de minha presença, sua atitude estranhamente persistia a mesma. Foi então que — no próprio ato de se apresentar — sua identidade apareceu quando mudou de postura. Ela ergueu-se, não como se tivesse me escutado, mas com uma imensa e indescritível melancolia de indiferença e desapego, e a distância de uns quatro metros de mim, ali estava a minha vil antecessora. Desonrada e trágica, ela estava bem diante de mim, mas assim que a fixei e, pela memória, assegurei-me de sua identidade, a imagem horrível se desfez. Escura como a meia-noite em seu vestido preto, sua beleza desfigurada e a sua aflição inexprimível, fitou-me pelo tempo suficiente para eu perceber que demonstrava ser aquela mesa tão dela quanto minha. Enquanto eu a observava, senti um arrepio extraordinário, um sentimento de que eu era na realidade a intrusa. Foi num protesto furioso contra isso que me dirigi a ela — "mulher terrível e miserável" — e ouvi o meu próprio grito que, ao atravessar a porta aberta, ecoou pelo longo corredor e pela casa vazia. Ela olhou-me como se pudesse me ouvir, mas eu havia me recuperado e abrira a janela para renovar o ar. Não havia nada no quarto no próximo minuto além do brilho do sol e da sensação de que eu precisava ficar.

CAPÍTULO XVI

Tinha esperado com tamanha certeza que o retorno de meus alunos seria marcado por algum tipo de demonstração, que fiquei novamente desapontada ao considerar que estavam indiferentes a respeito de minha ausência. Em vez de denunciar-me alegremente e me acariciar, eles simplesmente não fizeram nenhuma referência à minha falta. E tive de lidar com a percepção, naquele momento, de que também a Sra. Grose nada dissera, ao estudar a estranheza estampada em seu rosto. Observei-a para me certificar de que eles, de algum modo, não a teriam subornado para ficar em silêncio; um silêncio que, todavia, eu faria tudo para quebrar na primeira oportunidade em que estivéssemos a sós. Essa oportunidade chegou antes da hora do chá. Ficamos juntas durante cinco minutos no quarto da arrumadeira, onde, à luz do crepúsculo, sentindo o cheiro de pão recém-assado, mas com o lugar todo varrido e bem enfeitado, encontrei-a sentada com uma sofrida placidez, diante do fogo. Ali, eu a vejo quieta, é assim que melhor me recordo dela, com o olhar fixo na chama de sua cadeira aprumada no quarto escuro, polido, uma grande imagem clara daquilo que está "posto de lado", de gavetas fechadas e trancadas e de repouso irremediável.

— Oh, sim, eles me pediram para não falar nada, e para agradá-los enquanto estavam lá, é claro que prometi fazê-lo. Mas o que aconteceu com a senhorita?

— Eu fui com vocês para andar um pouco. Tive de voltar depois para me encontrar com um amigo.

Ela mostrou-se surpresa.

— Um amigo — a senhorita?

— Oh, sim, tenho mais de um! — respondi rindo. — Mas as crianças não lhe deram uma razão?

— Para não mencionar que a senhorita não permanecera conosco?

— Sim.

— Eles disseram que a senhorita preferiria assim. Prefere mesmo?

A expressão em meu rosto a fez sentir-se pesarosa.

— Não, eu acho que assim é pior! — mas depois de um instante, acrescentei: — Eles disseram por que eu preferiria que fosse assim?

— Não. O senhor Miles apenas disse: "Não devemos fazer nada além daquilo que ela gosta".

— Gostaria muito que ele assim procedesse! E o que disse Flora?

— A senhorita Flora foi uma doçura. Disse: "Oh, é claro, é claro", e eu disse o mesmo.

Refleti por um momento.

— A senhora foi muito doce também; parece que posso ouvir todos vocês. Mas de qualquer modo, entre Miles e mim, está tudo muito claro.

— Tudo claro? — minha companheira fixou seus olhos em mim. — Mas, o que, senhorita?

— Tudo. Não importa. Já me decidi. Voltei para casa, minha querida, para ter uma conversa com a Srta. Jessel.

A aquela altura, eu já tinha adquirido o hábito de ter a Sra. Grose nas minhas mãos bem antes de fazer esse tipo de observação. Mesmo agora, enquanto ela piscava corajosamente sob o peso de minhas palavras, eu conseguia mantê-la relativamente firme.

— Uma conversa! Quer dizer que ela falou?

— Chegamos a esse ponto. Encontrei-a, ao retornar, no quarto de estudos.

— E o que ela disse?

Ainda posso ouvir a boa mulher, e a candura de sua estupefação.

— Que ela sofre os tormentos...!

Foi isso, na verdade, que fez que ela, à medida que formava em sua mente a imagem que eu lhe descrevia, ficasse atordoada.

— A senhorita quer dizer... das almas perdidas?

— Dos perdidos. Dos danados. E é por isso que, para compartilhá-los...

Eu mesma hesitei diante do horror da situação. Mas a minha companheira, dotada de menos imaginação, obrigou-me a continuar.

— Para compartilhá-los?

— Ela quer Flora.

A Sra. Grose poderia, quando lhe disse isso, ter fugido, se eu não estivesse preparada. Segurei-a ali para demonstrar que de fato estava prevenida.

— Contudo, como eu já lhe disse, isso não importa — continuei.

— Por que a senhorita já se decidiu? Mas decidiu o quê?

— Tudo.

— E o que a senhorita chama de tudo?

— Ora, pedirei que o tio deles venha.

— Oh, senhorita, faça isso por piedade — minha companheira choramingou.

— Ah, mas eu pedirei, *pedirei*! Vejo que essa é a única maneira. O que está "claro", conforme lhe disse, em relação a Miles, é que se ele pensa que estou com medo, e tem idéias sobre as vantagens que pode tirar disso. Ele verá que está enganado. Sim, sim; o seu tio ouvirá a história de mim bem aqui, e diante do menino se necessário, — se é que devo ser censurada por não ter feito algo a respeito do seu retorno a um outro colégio.

— Sim, senhorita... — minha companheira insistiu.

— Bem, há ainda aquela razão horrível.

A essa altura existiam claramente tantos desses motivos para a compreensão de minha pobre colega, que era desculpável o fato de ela estar sendo tão vaga.

— Mas qual?

— Ora, a carta que veio da antiga escola.

— Vai mostrá-la ao patrão?

— Eu deveria tê-lo feito logo que a recebi.

— Oh, não! — disse a Sra. Grose com convicção.

— Vou revelar o conteúdo a ele — prossegui inexorável — pois não posso assumir um problema como esse, de um menino que foi expulso.

— Por alguma razão que nem sequer soubemos! — declarou a Sra. Grose.

— Por perversidade. Por que outra razão haveria de ser quando ele é tão inteligente, lindo e perfeito? Por estupidez? Por desordem? Por enfermidade ou mau gênio? Porque é sedutor? Então só pode ser por *isso*; e isso explicaria tudo. Afinal, é culpa do tio. Se ele permitiu que aquelas pessoas vivessem aqui...

— Ele nada sabia a respeito deles. A culpa é minha — a Sra. Grose empalidecera.

— Bem, a senhora não há de ser punida — respondi.

— As crianças também não devem ser punidas — replicou enfaticamente.

Fiquei em silêncio por algum tempo, olhamos uma para a outra.

— Então, o que direi a ele?

— A senhorita não terá de dizer coisa alguma. Eu direi.

Ponderei aquela resposta.

— Quer dizer que a senhora escreverá...? — quando lembrei que ela não sabia escrever, voltei à realidade. — Como a senhora vai se comunicar com ele?

— Eu conto ao mordomo. *Ele* escreve.

— E a senhora gostaria que o mordomo soubesse da nossa história?

Havia na pergunta um sarcasmo maior do que eu pretendia e isso fez que ela, após alguns momentos, caísse em lágrimas.

— Ah, então escreva a senhorita!

— Bem, esta noite — finalmente respondi.

E foi assim que nos separamos.

CAPÍTULO XVII

À noite, só o que consegui foi escrever o começo da carta. O clima havia mudado, um vento forte soprava lá fora, e debaixo da lâmpada, no meu quarto, enquanto Flora dormia tranqüila ao meu lado, sentei-me por um longo tempo, tendo à minha frente uma folha em branco, ouvindo o açoite da chuva e as rajadas de vento. Finalmente, saí carregando uma vela, atravessei o corredor e fiquei por um minuto escutando à porta de Miles. O que, sob a minha obsessão interminável, eu queria descobrir era se ele estava me traindo por não repousar, e, realmente, foi o que percebi, mas não do modo que eu imaginava. Sua voz ressoou:

— Hei, a senhorita aí — entre!

Foi uma brincadeirinha que desanuviou o ambiente sombrio! Entrei com minha vela e encontrei-o, na cama, muito bem desperto e muito tranqüilo.

— Bem o que é que a senhorita está fazendo aí? — ele perguntou com uma graça, num tom de sociabilidade, que me fez pensar que se a Sra. Grose estivesse presente, ela procuraria em vão por alguma prova de que tudo estava já esclarecido.

Fiquei parada diante dele com a minha vela.

— Como sabia que eu estava ali?

— Ora, é claro que foi porque escutei a senhorita. Imaginou que não faria barulho? A senhorita parece uma tropa da cavalaria! — e riu maravilhosamente.

— Então não estava dormindo?

— Não, realmente. Estava deitado e pensando.

Eu colocara a vela, de propósito, um pouco distante, e quando ele estendia a sua mão amiga de sempre para mim, sentei-me à beira de sua cama.

— Sobre o quê? — perguntei. — Sobre o que estava pensando?

— Sobre o que mais eu poderia pensar, além da senhorita?

— Ah, o orgulho que tenho pela sua apreciação não precisa disso. — Preferiria que estivesse dormindo.

— Bem, eu também pensava sobre esse nosso estranho assunto.

Notei a frieza de sua mãozinha firme.

— De que estranho assunto, Miles?

— Ora, o modo como a senhorita me educa, e tudo o mais!

Mantive a minha respiração suspensa por um momento, e mesmo à luz da minha vela trêmula, havia luz o suficiente para que eu enxergasse o seu sorriso, lá do seu travesseiro.

— O que você quer dizer com *tudo o mais*?

— Oh, a senhorita sabe, a senhorita sabe!

Nada pude dizer por um minuto, embora tenha sentido, enquanto segurava sua mão e nossos olhares continuavam a se cruzar, que meu silêncio era uma maneira de aceitar a sua acusação e que nada no mundo inteiro seria talvez, naquele momento, tão fabuloso como a nossa verdadeira relação.

— Certamente retornará à escola — eu disse —, se é isso que o incomoda. Mas não para aquela em que estava antes. Temos de encontrar uma outra, uma melhor. Como eu poderia saber que isso o incomodava, se nunca antes me falou sobre isso? — Seu rosto claro, atento, emoldurado em sua suave brancura, tornou-o, por um minuto, tão comovente quanto um melancólico paciente em um hospital infantil, e eu teria dado, quando a semelhança ocorreu-me, tudo o que tinha na vida, para ser a enfermeira ou a irmã de caridade que o ajudaria a curar-se. Bem, mesmo como as coisas estavam, eu talvez pudesse ajudá-lo! — Você sabe que nunca me disse uma única palavra a respeito de sua escola. Refiro-me à escola em que você estudava; nunca a mencionou de modo algum.

Ele parecia refletir; sorriu com a mesma ternura. Mas evidentemente ganhou tempo e esperou, suplicou por auxílio.

— Nunca falei nada?

Não era de mim que ele esperava ajuda — esperava ajuda da coisa que eu conhecera!

Alguma coisa em seu tom de voz e a expressão do seu rosto, enquanto eu ouvia falar, fez que meu coração doesse como nunca antes acontecera; tão inexprimivelmente tocante era a sensação de ver a sua pequena mente embaralhada e seus mínimos recursos forçados a representar, sob o feitiço que o dominara, um papel de inocência consistente.

— Não, nunca — desde que retornou da escola. Nunca me falou sobre os seus professores, ou colegas, nem sequer um pequeno caso que lhe tenha ocorrido na escola. Nunca, pequeno Miles — não, nunca me deu uma linha de qualquer coisa que possa ter lhe acontecido lá. Portanto, você pode imaginar como estou tateando no escuro. Até que falou, daquele jeito, esta manhã, raramente fez qualquer referência ao seu passado, desde o primeiro momento em que o vi. Parecia tão perfeitamente aceitar o presente.

Era extraordinário como a minha absoluta convicção de sua secreta precocidade — ou como quer que eu possa denominar o veneno de uma influência que eu não ousava explicar numa frase completa — fez que ele, apesar do leve sopro de sua tormenta íntima, parecesse tão acessível quanto um adulto e impunha-o a mim como alguém que tivesse as mesmas qualidades intelectuais.

— Pensei que você quisesse continuar como antes — continuei.

Achei que, ao ouvir isso, ele pareceu-me um pouco ruborizado. De qualquer modo, balançou a cabeça languidamente, como se estivesse convalescendo, e por isso se sentisse levemente cansado.

— Não. Quero ir embora.

— Está cansado de Bly?

— Oh, não, eu gosto de Bly.

— Então, o quê...?

— Oh, a *senhorita* sabe o que um menino deseja!

Senti que eu não sabia tão bem quanto Miles, e busquei um refúgio temporário.

— Quer ficar com o seu tio?

Novamente, ouvindo isso, com seu doce e irônico rostinho, ele se mexeu no travesseiro.

— Ah, a senhorita não vai conseguir se safar com essa!

Fiquei em silêncio por algum tempo, e acho que fui eu, naquele momento, quem mudou de cor.

— Meu querido, não quero me livrar!

— A senhorita não pode, mesmo que o queira. Não pode, não pode! — exclamou ele, com os belos olhos fixos em mim. — Meu tio virá, e a senhorita terá de resolver todas as questões.

— Se o fizermos — respondi com um certo espírito — pode estar certo de que será para afastá-lo daqui.

— Bem, a senhorita não entende que é exatamente para isso que estou me preparando? A senhorita terá de contar a ele sobre como foi fraca. Terá de lhe dizer uma porção de coisas!

A exultação com que ele disse isso me ajudou, de alguma maneira, naquele momento, a tentar entendê-lo um pouco melhor.

— E o quanto, você, Miles, terá de contar a ele? Há questões que ele desejará certamente compreender!

Ele refletiu.

— É bem provável. Mas, que coisas?

— As coisas que você nunca me contou. Para que ele possa decidir o que fazer. Ele não pode mandá-lo de volta...

— Oh, eu não quero voltar! — interrompeu-me. — Quero um novo ambiente.

Falou com uma admirável serenidade, com uma alegria nada condenável, e, sem dúvida, era exatamente esse tom que evocava para mim a pungência, a anormalidade da tragédia infantil de sua provável volta ao colégio ao final de três meses com toda essa bravata e ainda mais desonra. Assoberbou-me, então, a idéia de que eu jamais seria capaz de suportar aquilo, a ponto de não mais me conter. Lancei-me sobre ele e na ternura de minha piedade, abracei-o.

— Meu querido Miles, meu pequeno Miles...!

Meu rosto tocava o seu, e ele me permitiu beijá-lo, tomando aquela manifestação com indulgente bom humor.

— E então, minha velha senhora?

— Não há nada, nada mesmo, que você queira contar? — perguntei.

Ele afastou-se um pouco, deixando que seus olhos acompanhassem a parede e com a mão erguida para olhar, tal como fazem as crianças doentes.

— Eu lhe contei hoje de manhã.

Oh, eu sentia muito por ele!

— Que apenas deseja que eu não o aborreça?

Ele voltou a encarar-me, como se reconhecesse que eu finalmente o compreendia. Então, sempre tão gentil, respondeu:

— Que me deixe sozinho.

Havia mesmo um certo toque singular de dignidade nisso, algo que fez que eu o soltasse, embora, enquanto me erguia lentamente, me demorasse ao lado dele. Deus sabe que nunca desejei incomodá-lo, mas senti que, com isso, virar as costas para ele significava abandoná-lo, ou para dizer uma verdade maior, seria perdê-lo.

— Acabo de iniciar uma carta para o seu tio — eu disse.

— Então, termine-a.

Esperei um minuto.

— O que ocorreu antes?

Ele voltou a fitar-me.

— Antes de quê?

— Antes de seu retorno. E antes de você partir.

Por algum tempo ele permaneceu em silêncio, mas continuou a fitar-me.

— O que aconteceu? — ele disse.

O som de suas palavras — no qual me pareceu que eu havia percebido pela primeira vez um leve tremor de consentimento da consciência — fez que eu caísse de joelhos ao lado da cama e agarrasse mais uma vez a oportunidade de possuí-lo.

— Querido Miles, meu querido Miles, se soubesse o quanto eu desejo lhe ajudar! É só isso, só isso, e prefiro morrer a lhe causar uma dor ou mágoa. — Prefiro morrer a ferir um só fio de seu cabelo. Querido Miles — disse, mesmo correndo o risco de ir longe demais —, quero apenas que me ajude a salvá-lo!

Mas percebi, logo em seguida, que eu de fato havia ido longe demais. A resposta ao meu apelo foi instantânea, mas veio na forma de uma rajada de vento extraordinária e um calafrio, uma lufada de ar gelado e um tremor no quarto tão grande como se, por ação da ventania, as folhas das janelas batessem. O menino soltou um grito forte e estridente que, perdido em meio a outros sons, poderia parecer, indistintamente, embora eu estivesse tão próxima a ele, uma nota de júbilo ou de terror. Levantei-me novamente e tomei consciência da grande escuridão. Permanecemos assim por um momento, enquanto, olhando ao meu redor, vi que as cortinas estavam estendidas e imóveis, e a janela bem fechada.

— Ora, a vela se apagou! — exclamei então.

— Fui eu quem a soprou, querida! — disse Miles.

CAPÍTULO XVIII

No dia seguinte, após as aulas, a Sra. Grose achou um momento para me dizer tranqüilamente:

— A senhorita escreveu a carta?

— Sim, escrevi.

Mas não contei, naquele momento, que minha carta, selada e endereçada, estava ainda no meu bolso. Haveria tempo suficiente para enviá-la antes que o mensageiro partisse para a vila. Enquanto isso, tinha obtido de meus alunos a mais brilhante e exemplar das manhãs. Era exatamente como se ambos houvessem decidido, de coração, esquecer algum recente conflito entre nós. Fizeram os mais estonteantes exercícios de aritmética, indo muito além de meu débil alcance, e contaram, com o espírito mais elevado do que nunca, anedotas sobre fatos geográficos e históricos. Era notável, especialmente em Miles, que quisesse demonstrar com que facilidade ele era capaz de me deixar para trás. Esse menino, em minhas lembranças, vive realmente num cenário de beleza e de miséria que as palavras não podem descrever; havia uma distinção só dele em cada impulso que revelava; nunca houve um pequeno ser natural, inteiramente feito de franqueza e de liberdade para o olhar não experiente, que fosse mais ingênuo ou mais extraordinariamente cavalheiresco. Eu precisava manter-me perpetuamente em guarda contra o espanto de deslumbramento em que meu olhar experiente tendia a cair, traindo-me; tinha de evitar os olhares de admiração gratuita e suspiros desanimados, em função dos quais eu tanto atacava quanto recuava diante do enigma que ocultava aquilo que aquele pequeno cavalheiro teria feito para merecer a punição. Dizia a mim mesmo que, pelo prodígio obscuro que eu conhecia, a imaginação de todo o mal abrira-se inteiramente para ele: todo o senso de justiça que havia em mim palpitava dolorosamente na busca de uma prova de que a sua maldade teria alguma vez florescido em um ato concreto.

De qualquer modo, ele jamais fora um cavalheiro tão gentil como quando, depois do jantar antecipado nesse dia aflitivo, achegou-se a mim e perguntou se eu não gostaria que ele, durante uma meia hora, tocasse alguma música do meu agrado. Davi tocando para Saul jamais teria demonstrado um senso mais refinado de ocasião. Foi uma exibição encantadora de tato, de magnanimidade, e praticamente equivalia a dizer abertamente: "Os verdadeiros cavaleiros sobre quem amamos ler, jamais levam longe demais uma vantagem. Sei o que a senhorita quer dizer agora: que para ser deixada em paz e não mais ser seguida nem irá se preocupar comigo e me espionar, não me manterá tão perto de si e conceder-me-á o direito de ir e vir livremente. Bem, eu 'venho', como pode ver, mas não vou! Haverá tempo o suficiente para que eu o faça. Eu de fato aprecio a sua companhia, e apenas desejo mostrar que estou lutando por um princípio. Pode-se imaginar se eu resisti a esse apelo ou falhei em acompanhá-lo novamente, de mãos dadas, até a sala de estudos". Ele sentou-se ao velho piano e tocou como se fosse a primeira vez, e se há os que pensam que seria melhor que ele jogasse futebol, posso apenas dizer que concordo inteiramente com eles. Pois ao final de um tempo que, sob a influência dele eu não percebera o passar dos minutos, ergui-me com a estranha sensação de ter dormido em serviço. Foi após o lanche, próximo à lareira da sala de estudos. Eu realmente não dormira um segundo sequer. Apenas fizera algo muito pior: esquecera. Onde, durante todo esse tempo, estivera Flora? Quando lancei essa pergunta a Miles, ele tocou por um minuto mais antes de responder, simplesmente:

— Ora, minha querida, como posso saber? — e em seguida soltou uma risada de contentamento que emendou com uma canção longa e incoerente.

Caminhei direto para o meu quarto, mas sua irmã não estava lá; antes de descer, procurei-a em vários outros aposentos. Como ela não estava em lugar algum, era certo que estaria na companhia da Sra. Grose, a quem, confortada por essa idéia, fui procurar. Achei-a no mesmo lugar em que a encontrara na noite anterior, mas ela atendeu à minha pergunta com uma silenciosa e assustada ignorância. Ela apenas supusera que, após a refeição, eu saíra com ambas as crianças; no que ela tinha razão, pois fora essa a primeira vez que eu permiti à menininha ficar fora de minha vista, sem providência especial. Naturalmente achei que ela estivesse com os criados, de modo que a primeira coisa a fazer seria procurá-la sem demonstrar alarme. Foi o que prontamente planejamos fazer; mas quando, dez minutos mais tarde e em sintonia com o que havíamos acordado, encontramo-nos no salão de entrada, foi apenas para relatar uma à outra que após discretas inquirições havíamos ambas falhado e que não a tínhamos encontrados. Por um minuto ali, fora do campo de observação, confrontamos nossos sustos, e pude sentir com que alto interesse minha companheira retribuiu-me todos os medos que eu já transmitira a ela anteriormente.

— Deve estar lá em cima — ela afirmou — em algum dos quartos que a senhorita não procurou.

— Não, ela está longe daqui — eu estava convencida. — Ela saiu.

A Sra. Grose olhou-me com espanto:

— Sem um chapéu?

Naturalmente, eu também parecia perplexa.

— Aquela mulher não anda sempre sem um chapéu?

— A menina está com ela?

— Está com ela! — declarei.

— Precisamos encontrá-las.

Minha mão segurava o braço de minha companheira, mas ela fraquejou naquele instante, confrontada com os fatos apresentados, incapaz de reagir à minha pressão. Ao contrário, ela só conseguia comunicar-se ali com o seu próprio desconforto.

— E onde está o senhor Miles?

— Oh, ele está com Quint, na sala de estudos.

— Por Deus, senhorita!

Minha opinião — e, em conseqüência, suponho que também o tom com que falei — nunca antes havia atingido tal segurança.

— O truque foi aplicado — prossegui —, eles obtiveram êxito com seu plano. Ele encontrou o modo mais divinamente suave de manter-me paralisada enquanto ela fugia.

— Divino? — repetiu Sra. Grose desnorteada.

— Infernal, então! — respondi quase alegremente. — Ele também deu um jeito de escapar. Mas venha comigo!

Ela lançou um olhar de desespero para a parte superior da casa.

— A senhorita vai deixá-lo?

— Por tanto tempo com Quint? Sim. Não me importo mais agora.

Ela sempre terminava, nessas horas, segurando a minha mão, e desse modo conseguia ainda deter-me. Mas após emudecer perante a minha súbita resignação, perguntou ansiosa:

— Por causa da carta?

Rapidamente, em resposta, apalpei a minha carta, tirei-a do bolso, segurei-a, e, depois, livrando-me da Sra. Grose, fui até à grande mesa do salão sobre a qual coloquei o envelope.

— Luke a levará — disse, voltando.

Fui até a porta da casa e abri-a; já estava nos degraus. Minha companheira demorava-se ainda: a tempestade da noite e da manhã havia cessado, mas a tarde estava úmida e cinzenta. Desci até o passeio enquanto ela permanecia na porta.

— Vai sair sem nada? — disse ela

— Por que me importaria se a menina também saiu assim? Não posso esperar o tempo de me vestir — bradei — e se a senhora precisar fazê-lo, devo deixá-la para trás. Enquanto isso, dê uma olhada lá em cima.

— Ir ter com *eles*?

Oh, diante dessa perspectiva, a pobre mulher prontamente juntouse a mim.

CAPÍTULO XIX

Fomos diretamente para o lago, como era conhecido em Bly, e ouso dizer que esse era mesmo o nome apropriado, embora eu reflita agora que poderia tratar-se apenas de uma lençol de água bem menos notável do que parecia aos meus olhos não viajados. Minha familiaridade com lençóis de água era muito pequena, e o lago de Bly, em todo caso, nas poucas ocasiões em que me permiti, sob a proteção de meus alunos, a enfrentar a sua superfície dentro do velho barco que ficava à nossa disposição, havia me impressionado tanto pela sua extensão quanto pela agitação de suas águas. O ponto usual de embarque ficava a meia milha da casa, mas eu tinha convicção de que, onde quer que Flora estivesse, ela não estava perto de casa. Ela jamais escapara de mim para qualquer aventura, e desde o dia daquela grande aventura que juntas passáramos às margens do açude, conheci melhor, em nossas caminhadas, a região que mais a atraía. Por isso, eu podia agora dar aos passos da Sra. Grose uma direção tão precisa — direção à qual, quando ela percebeu, opôs uma resistência que mais uma vez provou que ela nada compreendia onde eu queria chegar.

— Está indo para a água, senhorita? Acredita que ela esteja em...?

— Ela pode estar, embora a profundidade não seja grande, creio eu, em qualquer ponto. Mas o que eu considero mais provável é que esteja no mesmo lugar de onde, outro dia, vimos juntas aquilo que lhe contei.

— Quando ela fingiu não ter visto...?

— Com aquele espantoso domínio de si! Sempre tive certeza que ela tinha o desejo de voltar ali sozinha. E agora seu irmão facilitou as circunstâncias para que ela o fizesse.

A Sra. Grose permanecia no mesmo lugar em que havia parado.

— A senhorita supõe que eles realmente conversam sobre eles?

Eu sentia uma grande confiança para lidar com o assunto.

— Eles dizem coisas que, se pudéssemos ouvir, ficaríamos simplesmente apavoradas.

— E se ela estiver lá?

— Sim?

— Então a Srta. Jessel estará também?

— Sem dúvida alguma. A senhora a verá.

— Oh, muito obrigada! — exclamou a minha companheira ficando tão firmemente plantada onde estava que, ao compreendê-lo, prossegui sem ela.

Quando cheguei ao lago, entretanto, ela continuava já bem atrás de mim, e compreendi que, na sua apreensão, ela sentia que, ocorresse que ocorresse comigo, para amenizar a sua aflição, estar próxima a mim representava para ela uma situação de menor risco. Ela soltou um gemido de alívio quando, afinal, chegamos ao lugar em que podíamos avistar a maior parte da água. Não havia indícios de Flora próximo à margem. E nada havia na margem oposta, onde, salvo por uma distância de umas vinte jardas, um pesado capão entrava na água. O lago, com sua forma oblonga, tinha uma largura tão reduzida em relação ao seu comprimento que, com suas extremidades fora de vista, poderia ser confundido com um riacho. Olhamos para o território vazio, e então percebi a sugestão que estava nos olhos de minha companheira. Eu sabia o que aquilo significava e repliquei com um movimento negativo de cabeça.

— Não, não, espere! Ela tomou o barco.

Minha companheira fitou o lugar em que o bote ficava amarrado, que estava vazio, e depois novamente através do lago.

— Então, onde está ele? — disse ela.

— O fato de não sermos capazes de avistá-lo é a mais poderosa das provas. Ela o usou para atravessar o lago e depois conseguiu escondê-lo.

— Fez tudo isso sozinha, aquela criança?

— Ela não está sozinha, e há bastante tempo ela não é mais uma criança: ela é uma velha mulher, muito velha.

Olhei ao redor, ao longo da margem visível do lago, enquanto a Sra. Grose mergulhava novamente, dentro do estranho elemento que eu lhe oferecia, numa de suas atitudes de submissão; em seguida, sugeri que o barco poderia perfeitamente estar num pequeno refúgio formado por um dos recessos do lago, uma reentrância disfarçada, pelo lado próximo, por uma projeção da margem e por um arvoredo que crescia perto da água.

— Mas se o barco está lá, em que diabos de lugar ela se meteu? — perguntou minha companheira ansiosamente.

— Isso é exatamente o que precisamos descobrir. — e comecei a andar adiante.

— Dando a volta completa no lago? — disse ela.

— Certamente, por mais distante que seja. Vai nos levar apenas dez minutos, mas é longe o suficiente para fazer que a menina não preferisse ir a pé. Ela atravessou a água em linha reta.

— Deus! — gritou minha companheira novamente. — O encadeamento de minha lógica era sempre demasiado para ela. Isso a atraiu aos meus calcanhares mesmo nessa hora, e quando já havíamos percorrido metade do caminho — um processo sinuoso e cansativo, num terreno muito irregular, e num caminho bloqueado pela alta vegetação — parei para que ela pudesse respirar. Amparei-a com meu braço, expressando agradecimento, garantindo a ela que poderia ajudar-me imensamente. Isso nos deu novo fôlego, de modo que dentro de mais alguns minutos alcançamos o local em que pudemos ver o barco onde eu supusera. Fora deixado intencionalmente, tanto quanto possível, escondido e amarrado a um dos mourões da cerca que vinha até a beira e funcionava por isso como apoio ao desembarque. Reconheci, quando olhei para o par de remos curtos e grossos, retirados com muita segurança, o caráter prodigioso daquele feito para uma menininha; mas a essa altura, eu já vivera muito tempo entre fatos espantosos e perdera o fôlego em circunstâncias ainda mais vívidas. Atravessamos uma porteira que nos conduziu rapidamente para a zona do campo aberto. Foi então que, juntas, exclamamos:

— Lá está ela!

Flora, a uma distância pequena, erguia-se diante de nós sobre a relva e sorriu como se agora a sua travessura estivesse completa. Todavia, o que ela fez a seguir, foi abaixar-se e apanhar — como se essa fosse a única razão para que estivesse ali — um grande e feio ramalhete de avenca murcha. No mesmo instante tive a certeza de que ela acabara de sair do matagal. Ela esperou por nós, sem que desse um só passo, e eu estava consciente da rara solenidade com a qual nos aproximamos dela. Sorria sempre, e nos encontramos; mas tudo ocorreu num trágico silêncio. A Sra. Grose foi a primeira a quebrar o feitiço: ajoelhou-se e, estreitando a criança no seu peito, deu um grande abraço naquele corpinho terno que se rendia. Enquanto essa efusão silenciosa durava, tudo o que eu podia fazer era testemunhá-la — o que fiz com intenção redobrada quando percebi, por sobre o ombro de minha companheira, o rosto de Flora, que olhava em minha direção. Tinha agora uma expressão séria — a alegria a havia abandonado; mas isso só intensificava a dor com a qual, naquele momento, eu invejava a simplicidade do relacionamento entre ela e a Sra. Grose. Entretanto, durante esses instantes, nada além se passou entre nós, exceto que Flora deixara o seu feio ramalhete cair no chão. O que ela e eu tínhamos virtualmente afirmado uma a outra era que qualquer pretexto seria inútil agora. A Sra. Grose finalmente levantou-se, segurando a mão da menina, de tal modo que ambas continuavam diante de mim; e a singular reticência de nossa comunhão era ainda mais marcada pelo olhar franco que ela me lançava. "Serei enforcada", dizia o olhar "se eu tiver de falar!"

Foi Flora que, olhando para mim com um ar de cândido espanto, foi a primeira a falar. Ela estranhara o fato de que saíramos sem chapéu:

— Ora, onde estão as suas coisas? — perguntou ela.

— E onde estão as suas, meu bem? — respondi prontamente.

Ela já havia recuperado a sua alegria e pareceu aceitar essa resposta como suficiente.

— E onde está Miles? — prosseguiu.

Havia algo nessa sua coragem demonstrava com isso que havia acabado comigo: essas três palavras dela eram, num lampejo fulgurante de uma espada desembainhada, o solavanco na xícara que a minha mão, suportara alto e cheia até a borda e que agora, mesmo antes de falar, sentia transbordar num verdadeiro dilúvio.

— Contarei para você se você me contar... — eu disse e, com que tremor a frase veio à tona.

— Bem, o quê? — disse ela.

A ansiedade da Sra. Grose me fulminava, mas era tarde demais agora, e acabei falando aquilo de modo gentil.

— Onde está, minha doçura, a Srta. Jessel?

CAPÍTULO XX

Tal como no cemitério da igreja com Miles, a coisa toda caiu sobre nós. Por mais que eu quisesse valorizar o fato de que esse nome jamais fora pronunciado entre nós, o clarão rápido que atingiu duramente o rosto da menina fez que o rompimento do meu silêncio se assemelhasse ao estilhaçamento de uma vidraça. E a isso acrescentou-se o grito de intervenção, como que para amenizar o impacto, que a Sra. Grose, no mesmo instante, soltou contra a minha violência —□ o grito de uma criatura amedrontada, ou melhor, ferida, o qual, por sua vez, dentro de alguns segundos, foi complementado por um suspiro de minha parte. Agarrei o braço de minha companheira e disse:

— Ela está lá, ela está lá!

A Srta. Jessel estava de pé diante de nós, do lado oposto da margem, exatamente como ela ficara da outra vez, e lembro-me, estranhamente, como o primeiro sentimento que me despertou, a emoção prazerosa de produzir uma prova. Ela estava lá, e eu estava justificada; ela estava lá, e eu não era cruel nem louca. Ela estava lá para a pobre e assustada Sra. Grose, mas, especialmente para Flora, ela estava lá; e nenhum outro momento desse período monstruoso foi talvez tão extraordinário quanto esse em que conscientemente dirigi-me a ela, com a sensação de que, embora ela não fosse mais do que um pálido e ávido demônio, compreenderia o que eu diria, uma mensagem inarticulada de gratidão. Ela estava de pé no local em que minha companheira e eu tínhamos há pouco deixado, e não havia, em todo o longo alcance de seu desejo, uma única polegada de sua maldade que não se estendesse. Essa primeira nitidez de visão e de emoção durou apenas alguns segundos, durante os quais o fato de que a Sra. Grose olhava com dificuldade para o lugar que eu apontara, atingiu-me como um sinal soberano de que ela também, finalmente, vira, assim como fez que meus olhos se precipitassem sobre a menina. A revelação sobre o modo como Flora estava sendo afetada surpreendeu-me, na verdade, muito mais do que me alarmaria se a encontrasse simplesmente agitada. Um susto direto não era, obviamente, o que eu esperava àquela altura. Preparada e em posição defensiva, em razão da nossa busca, ela reprimiria qualquer expressão capaz de a trair. Fiquei, por isso, muito abalada com o primeiro indício de uma atitude para mim inesperada. Vê-la sem nenhum sobressalto no pequeno rosto rosado, sem nem mesmo fingir que lançava um olhar na direção do prodígio que eu anunciara, mas em vez disso, apenas dirigindo a mim uma dura e tranqüila expressão de seriedade, absolutamente nova e sem precedentes, que parecia fazer a leitura da minha expressão e acusar-me e julgar-me — esse era um golpe que de algum modo convertia a menininha na presença daquilo que podia me fazer recuar. Recuei embora a minha certeza de que ela havia presenciado tudo nunca fora maior do que naquele instante, e em vista da necessidade imediata de defender-me, invoquei com paixão o seu testemunho.

— Ela está lá, infeliz criatura, lá, lá, *lá*, e você pode vê-la tão bem quanto me pode ver!

Um pouco antes eu dissera à Sra. Grose que nessas horas ela não era uma criancinha, mas uma velha, uma mulher bem velha, e aquela descrição não poderia ter sido mais surpreendentemente confirmada na maneira pela qual, para responder a tudo, ela simplesmente mostrou-me, sem uma concessão, sem uma admissão de seus olhos, uma censura cada vez mais profunda, que subitamente se cristalizou. A essa altura — se posso resumir a história toda — eu estava mais apavorada com aquilo que poderia chamar de sua maneira do que com qualquer outra coisa, embora tivesse percebido que a Sra. Grose estava indisfarçavelmente contra mim. Minha companheira mais velha, logo em seguida, fez desaparecer de sua expressão, a qualquer custo, tudo o que não fosse o seu próprio rosto, e um protesto alto, de indignação, uma violenta desaprovação.

— Que maneiras pavorosas, senhorita! Onde, meu Deus, a senhorita vê alguma coisa?

Eu só conseguia apertá-la mais rapidamente ainda, pois mesmo enquanto ela falava, o hediondo e descarado vulto aparecia ali, sem perder o seu brilho ou o seu atrevimento. A situação já durara um minuto, e continuou enquanto eu, agarrando minha colega, confiando ao máximo nela e apontando a ela a visão, insistia com a minha mão voltada na direção do fenômeno.

— A senhora não a vê no lugar exato em que a vemos? Quer dizer que não a vê agora? Ela é tão dara quanto um incêndio! Apenas olhe, minha querida, *olhe*...!

Ela olhava da mesma forma que eu, e deu-me, com o seu profundo gemido de negação, repulsão, compaixão — uma mistura de pena e alívio pela sua isenção —, uma sensação, comovente, de que ela me teria apoiado se pudesse. Eu bem que precisava de apoio, pois, com esse sopro áspero de uma prova para a qual seus olhos estavam irremediavelmente selados, senti que minha situação desmoronava terrivelmente. Senti e vi minha lívida antecessora forçar, lá de sua posição, a minha derrota e eu estava consciente daquilo que eu teria de lidar, dali em diante, na assustadora atitude da pequena Flora. A Sra. Grose uniu-se a ela nessa atitude imediata e violentamente, irrompendo, mesmo enquanto penetrava através de minha sensação de derrota, numa prodigiosa expressão de triunfo pessoal, numa sucessão de palavras tranqüilizadoras.

— Ela não está lá, pequena dama, e ninguém está lá, e você nunca viu nada, minha doçura! Como poderia a pobre Srta. Jessel estar ali, se a pobre senhorita Jessel está morta e enterrada? *Nós* sabemos, não é mesmo, meu amor? — e ela apelava à menina, enganando a si mesma. — Tudo não passa de um mero engano, de uma tola preocupação, de uma brincadeira. E vamos para casa o mais rápido possível!

Nossa companheira, diante disso, havia reagido com uma estranha e rápida afetação de dignidade. Elas estavam novamente unidas — a Sra. Grose aos pés da menina — em franca oposição a mim. Flora continuou a olhar-me com a sua pequena máscara de censura, e naquele mesmo momento orei a Deus para que me perdoasse por pensar que, enquanto ela estava de pé ali, agarrando-se com força ao vestido de nossa companheira, a sua incomparável beleza infantil havia subitamente esmaecido, desaparecera. Eu já o dissera: suas feições se endureceram, e ela se tornara vulgar, quase feia.

— Eu não sei o que a senhorita quer dizer. Não vejo ninguém. Não vejo nada. Nunca vi. Acho que a senhorita é cruel. Não gosto da senhorita!

Então, depois desse desabafo, que podia ter sido o de alguma menininha atrevida e vulgar, ela abraçou com mais força e enterrou o seu rostinho apavorante nas pregas da saia da Sra. Grose. Nessa posição ela produziu um lamento quase furioso.

— Leve-me embora, leve-me embora, oh, leve-me para longe dela!

— De *mim*?— perguntei arquejante.

— Da senhorita, da senhorita! — ela bradou.

Até mesmo a Sra. Grose olhou-me consternada. Quanto a mim, não me restava mais que me comunicar novamente com o vulto que, na margem oposta, sem nenhum movimento, tão rigidamente atenta como se as nossas vozes vencessem a distância que nos separava — se erguia, não para servir-me, mas para me derrotar. A desventurada menina falara exatamente como se houvesse recebido de uma fonte externa cada uma de suas palavras pontiagudas, e eu podia, portanto, no desespero de tudo quanto eu era forçada a aceitar, apenas sacudir tristemente minha cabeça para ela.

— Se alguma vez eu tivesse duvidado, todas as minhas dúvidas desapareceriam neste momento por inteiro. Tenho vivido com a miserável verdade, e agora ela havia apenas se fechado em torno de mim. Você está perdida para mim. Eu interferi, e você viu... sob as ordens *dela* — dito isso encarei, novamente, no lado oposto do lago, nossa testemunha infernal. — O meio mais fácil e perfeito de afrontá-la. Fiz o que pude, mas, perdi você. Adeus.

Para a Sra. Grose emiti um imperativo, um quase frenético "Vá, vá!" diante do qual, com uma angústia infinita, mas silenciosamente agarrada à menininha e convencida, apesar de sua cegueira, de que algo horrível havia ocorrido e que algum colapso nos engolira, afastou-se o mais depressa que pôde pelo mesmo caminho por onde viéramos.

Não me recordo do que aconteceu em seguida ao momento em que fui abandonada ali. Sabia apenas que ao final de um quarto de hora, estimo, uma umidade e uma aspereza perfumosas, arrepiando e perfurando o meu sofrimento, fizeram que eu compreendesse que devia ter-me atirado de bruços no chão, dando vazão à minha selvagem tristeza. Devo ter permanecido ali por muito tempo, chorando e soluçando, pois, quando ergui minha cabeça, o dia estava quase terminado. Levantei-me e olhei por um momento, através do crepúsculo, para o lago acinzentado e sua margem vazia e assombrada, e então retomei, de volta para a casa, o meu melancólico e difícil caminho. Quando alcancei o portão que havia na cerca, o barco, para a minha surpresa, não estava mais lá, de maneira que refleti novamente a respeito do comando extraordinário de Flora sobre a situação. Ela passou aquela noite pela mais tácita — e devo acrescentar, se a palavra não fosse uma observação tão grotesca —, pela mais feliz das combinações, com a Sra. Grose. Não vi nenhuma das duas em meu retorno, mas por outro lado, como se por uma compensação ambígua, estive bastante tempo na companhia de Miles. Eu o vi tanto — não posso usar outra frase — como nunca antes o vira. Nenhuma noite que passei em Bly teve a portentosa qualidade daquela; a despeito do que — e também a despeito dos mais profundos abismos de desânimo que se abriram sob os meus pés — havia, no momento da vazante, uma tristeza extraordinariamente doce. Ao chegar em casa, não me preocupei em encontrar o menino. Fui direto ao meu quarto para trocar de roupa e me aperceber, com uma simples passada de olhos, de muitos testemunhos materiais da ruptura com Flora. Seus pertences haviam todos sido removidos. Quando mais tarde, junto à lareira da sala de estudos, a empregada habitual serviu-me chá, não me permiti fazer — em respeito ao meu outro aluno, nenhuma pergunta. Ele tinha liberdade agora — e poderia até tê-la por inteiro! Bem, ele a tinha e ela consistia, ao menos em parte, em entrar próximo das oito horas e sentar-se ao meu lado em silêncio. Ao remover as louças do chá, eu apagara as velas e puxara minha cadeira para mais perto da lareira. Sentia uma frieza mortal como se jamais pudesse me aquecer outra vez. Assim, quando ele apareceu, eu estava sentada diante do brilho do fogo e em meio aos meus pensamentos. Parou por um momento perto da porta como se para me olhar melhor; então — como para compartilhar os pensamentos comigo — veio para o outro lado da lareira e acomodou-se numa cadeira. Sentamo-nos ali num silêncio absoluto. Eu podia sentir que ele queria ficar comigo.

CAPÍTULO XXI

Antes que um novo dia irrompesse em meu quarto, meus olhos se abriram para ver a Sra. Grose, que se aproximava da cama com notícias ainda piores. Flora tinha uma febre tão acentuada que era provável que estivesse acometida por uma enfermidade. Ela havia passado uma noite de extrema inquietude, uma noite de agitação causada, acima de tudo, por temores que tinham como tema não a sua antiga governanta, mas, totalmente, a atual. Não era contra o possível reaparecimento da Srta. Jessel que ela protestava — era manifesta e apaixonadamente contra o meu. Levantei-me prontamente, é claro, e com muitas perguntas por fazer, especialmente porque minha companheira havia se armado para me defrontar outra vez. Soube disso assim que perguntei a sua opinião sobre a sinceridade da menina em seu julgamento contra mim.

— Ela persiste em negar para a senhora que tenha visto algo alguma vez?

O atordoamento de minha visitante era, verdadeiramente, muito grande.

— Ah, senhorita, não posso insistir na discussão desse assunto com ela. E ainda, devo dizer, não sinto necessidade de fazê-lo. A questão tomou-a por inteiro, fazendo-a parecer uma mulher velha.

— Oh, eu a vejo perfeitamente daqui. Ficou ofendida, como se fosse alguma elevada personagem infantil de alta classe, pela suspeita da dúvida que levantei e, por conseqüência, ferisse sua respeitabilidade. "A Senhorita Jessel de fato — *ela*!" Ah, sim ela é muito "digna", a atrevida! A impressão que me deu ontem, garanto à senhora, foi a mais estranha de todas; foi muito pior do que todas as outras. Eu pus o dedo na ferida. Ela jamais voltará a falar comigo.

Hedionda e obscura como era, a revelação fez que a Sra. Grose se mantivesse num breve silêncio; então ela confirmou meu ponto de vista com uma franqueza que — eu estava certa — possuía um significado muito mais profundo.

— Acho, mesmo, senhorita, que ela nunca mais falará. Ela realmente foi atingida pela sua atitude.

— E essa atitude — resumi — é o que a faz estar doente agora.

Oh, era essa a razão, eu podia ver no rosto de minha visitante, e nada além disso!

— Ela me pergunta a cada três minutos se a senhorita irá vê-la.

— Compreendo, compreendo — eu tinha em mim muito mais do que aquilo que viera à tona. — Ela disse à senhora desde ontem — exceto para negar que tivesse afinidade com algo tão medonho — uma única palavra sobre a Srta. Jessel?

— Nenhuma, senhorita. E é evidente que a senhorita sabe — acrescentou minha amiga. — Lá no lago, o que pude extrair dela, ao menos naquele momento, foi que não havia ninguém.

— Sem dúvida! E, naturalmente, é isso que ela continua a afirmar.

— Não a contradigo. O que mais posso fazer?

— Nada neste mundo! A senhora está lidando com a criança mais esperta que conheço. Eles conseguiram que as crianças, seus dois amigos, quero dizer, se tornassem ainda mais inteligentes do que já eram por ação da própria natureza, pois trabalharam sobre uma matéria-prima maravilhosa! Flora possui agora o seu ressentimento, com o qual ela conviverá até o fim.

— Sim, senhorita, mas que *fim* será esse?

— Ora, o momento em que ela falará com seu tio a meu respeito. Ela irá descrever-me como a mais vil das criaturas...!

Estremeci diante da cena que surgia diante do rosto da Sra. Grose; por um momento era como se ela enxergasse nitidamente tio e sobrinha juntos.

— E ele que tem um conceito tão elevado da senhorita!

— Ele tem uma forma peculiar, é o que me ocorre agora — soltei uma risada —... de demonstrá-lo. Mas isso não importa. O que Flora quer, evidentemente, é livrar-se de mim.

Corajosamente, minha companheira concordou.

— Ela nunca mais deseja olhar para a senhorita.

— De modo que a senhora veio ter comigo agora — perguntei — para que eu apresse a minha partida? — Todavia, antes que ela tivesse tempo de responder, eu a dominei. — Tenho uma idéia melhor, resultante de minhas reflexões — disse eu. — Minha partida *pareceria* a coisa certa a fazer, e no domingo, estive a um passo de ir embora. Mas isso não funcionará. É *a senhora* quem precisa partir. A senhora deve levar Flora.

Minha companheira, ao ouvir essa última idéia, especulou.

— Mas para onde neste mundo...?

— Para longe daqui. Para longe *deles*. E acima de tudo, a esta altura, para longe de mim. Direto para o tio dela.

— Só para falar a ele a seu respeito...?

— Não, não apenas! Mas para deixar-me, além disso, aplicando o meu remédio.

Ela ainda estava confusa.

— E qual é o seu remédio?

— Para começar a sua lealdade. E também a lealdade de Miles.

Ela olhou-me fixamente.

— A senhorita julga que ele...?

— Não ficará contra mim, se tiver uma oportunidade para isso? Sim, ainda me arrisco a pensar assim. De qualquer modo, quero tentar. Saia com a irmã dele o mais rapidamente possível e deixe-me apenas com ele.

Eu estava espantada comigo mesma, com a força de espírito que ainda possuía em reserva, e, portanto, talvez um tanto desconcertada pelo modo com o qual ela ainda se mantinha hesitante, apesar do bom exemplo que eu lhe oferecia.

— Há algo — prossegui. — Eles não devem antes se encontrar nem mesmo por três segundos — então, fez-se claro para mim que, a despeito do presumível afastamento de Flora desde o instante em que retornara do lago, é possível que já fosse tarde demais. — A senhora quer dizer — perguntei ansiosa — que eles já se encontraram?

Ao me ouvir, ela ficou bastante ruborizada.

— Ah, senhorita, não sou tão tola assim! Se fui obrigada a deixá-la três ou quatro vezes, foi sempre acompanhada de alguma das criadas, e neste momento, contudo, está sozinha, está bem guardada. E, no entanto...

— E, no entanto o quê?

— Bem, está tão certa assim a respeito do pequeno cavalheiro?

— Não estou segura de nada, exceto de que a senhora está aqui. Mas tenho, desde a noite passada, uma nova esperança. Creio que ele deseja abrir-se comigo. Acredito que, pobre desse pequeno e primoroso infeliz!, ele precisa falar. Na noite passada, diante da lareira e do silêncio ele sentou-se comigo por duas horas como se estivesse para fazer alguma revelação.

A Sra. Grose olhava com atenção, através da janela, para o dia cinzento que se formava.

— E ele disse alguma coisa?

— Não, embora eu tenha esperado muito, confesso que ele não disse, e não houve uma única quebra do nosso silêncio ou mínima alusão à condição de sua irmã, ou sua ausência, de maneira que, afinal, trocamos um beijo de boa noite. Do mesmo modo — prossegui — não posso, se o tio de Flora a vir, permitir que ele veja Miles sem dar ao menino, principalmente porque as coisas ficaram tão ruins, um pouco mais de tempo.

Minha companheira pareceu, nesse terreno, mais relutante do que eu poderia compreender.

— Que quer dizer com mais tempo?

— Bem, um dia ou dois, para que possa se abrir comigo. Ele então ficará do meu lado e a senhora deve avaliar a importância dessa atitude. Se ele nada disser, apenas falharei, na pior das hipóteses, e a senhora me ajudará, ao chegar à cidade, como julgar melhor. — Assim me posicionei diante dela, mas ela continuou por algum tempo tão embaraçada que mais uma vez tive de ajudá-la. — Ao menos, é claro — completei — que a senhora realmente não queira ir.

Pude ver, em seu rosto, que ele finalmente se iluminava; ela estendeu a sua mão para mim como uma promessa.

— Irei esta manhã.

Eu queria ser muito justa.

— Se a senhora quiser esperar um pouco, não permitirei que Flora me veja.

— Não, não, o problema é o próprio lugar. Ela precisa partir.

Sra. Grose abraçou-me por um momento com um olhar pesaroso, em seguida, deixou sair o resto.

— Sua idéia está correta. Eu mesma, senhorita...

— Sim?

— Não posso ficar.

Seu olhar ao dizer aquilo me fez saltar diante de novas possibilidades.

— Quer dizer que, desde de ontem, a senhora *viu*...?

Ela moveu a cabeça com ar de dignidade.

— *Ouvi*...!

— Ouviu?

— Da boca daquela menina. Horrores! Lá! — suspirou com um alívio trágico. — Por minha honra, senhorita, ela diz coisas...!

Mas diante dessa evocação, desmoronou; caiu com um soluço súbito, sobre o sofá do meu quarto e, como eu já vira fazer deixou extravasar toda a sua angústia.

Foi de uma forma bem distinta que me expressei.

— Oh, graças a Deus!

Ela ergueu-se novamente diante disso, enxugando os olhos suspirando.

— Graças a Deus?

— Isso por si só irá justificar-me!

— É verdade, senhorita.

Eu não poderia ter desejado uma ênfase maior, mas ainda hesitei:

— Ela é tão horrível?

Vi que minha companheira mal sabia como dizê-lo.

— É realmente chocante.

— E a meu respeito?

— A respeito da senhorita... já que deseja saber. É muito além daquilo que se espera de uma jovenzinha; e não consigo imaginar onde ela possa ter aprendido...

— A apavorante linguagem com que ela se referiu a mim? Ora, eu posso! — irrompi com uma risada, sem dúvida, muito significativa.

Minha atitude, na verdade, fez minha companheira ainda mais séria.

— Bem, talvez eu também devesse saber, uma vez que já ouvi essa linguagem em algumas ocasiões no passado! Contudo, não a suporto — a pobre mulher continuou enquanto olhava para o relógio sobre o toucador. — Mas preciso partir.

Eu a detive, contudo.

— Ah, se a senhora não pode suportar...

— Como posso fazer a menina parar? Ora, apenas *assim*: levando-a embora. Para longe daqui — ela prosseguiu — para longe deles...

— Ela pode mudar e se libertar? — agarrei-a quase com alegria. — Então, apesar de ontem, a senhora *acredita*...

— Nesses fenômenos? — a descrição nem sequer precisava ser feita, pela luz de sua expressão facial, e ela abriu-se como jamais fizera antes. — Acredito.

Sim, foi uma alegria, e ainda estávamos unidas: se eu pudesse permanecer com essa certeza, pouco me importaria com o que estava ainda por acontecer. Meu apoio diante de um desastre era o mesmo que já tinha sido quando, logo no início, precisara de confiança, e se minha companheira estava pronta a testemunhar por minha honestidade, eu poderia me responsabilizar por tudo o mais. Na altura em que ela se preparava para sair, entretanto, eu estava até certo limite embaraçada.

— Há algo, é claro — ocorre-me agora — de que precisamos nos lembrar. Minha carta, dando o alarme, terá chegado à cidade antes da senhora.

Percebia agora mais ainda como ela se debatera em rodeios e como isso a tinha conduzido à exaustão.

— Sua carta não terá chegado lá porque nunca foi enviada.

— O que aconteceu com ela, então?

— Só Deus sabe! O senhor Miles...

— A senhora quer dizer que ele a pegou? — perguntei ofegante.

Ela hesitou, mas superou sua relutância.

— Quero dizer que vi ontem, quando retornei com a senhorita Flora, que ela não estava no lugar em que a senhorita a havia deixado. Mais tarde, à noite, perguntei ao Luke, e ele declarou que não a tinha visto nem tocado.

Pudemos apenas trocar, naquele momento, um de nossos mais profundos olhares de sondagem mútua, e foi a Sra. Grose quem primeiro avaliou a situação, quase alvoroçada.

— A senhorita percebe!

— Sim, se Miles pegou a carta provavelmente a leu e a destruiu.

— E não percebe algo mais?

Encarei-a por um momento com um sorriso triste.

— Surpreende-me que, desta vez, seus olhos estejam mais bem abertos que os meus.

Estavam, de fato, mas ela, para demonstrá-lo, corava de vergonha.

— Percebo agora o que ele deve ter feito na escola — e, com sua agudeza singela, ela deu um aceno de desilusão com a cabeça que chegava a ser engraçado. — Ele roubou!

Refleti um pouco. Tentei ser um pouco mais imparcial.

— Bem... talvez.

Ela olhou-me como se houvesse me estranhado minha calma inesperada e disse:

— Ele roubou cartas!

Ela não podia compreender as razões da minha calma, que era, afinal, muito superficial; então eu as apresentei como pude.

— Espero, então, que tenha sido por uma causa melhor que neste caso! De qualquer maneira, a carta que pus sobre a mesa ontem — prossegui — dará a ele uma vantagem tão pequena — pois tinha apenas um simples pedido de entrevista — que ele já deve estar muito envergonhado de ter ido tão longe por tão pouco, e aquilo que ele tinha em mente na noite passada era certamente a necessidade de uma confissão.

Por um momento, eu tinha tudo sob o meu controle, a visão de toda a situação.

— Deixe-nos, deixe-nos — eu já estava, à porta, apressando-a. — Eu saberei a verdade, ele confessará. Se assim o fizer, estará salvo. E se ele se salvar...

— Então, a senhorita também se salvará? — Ao dizer isso, a querida mulher me beijou, e aceitei a sua despedida. — Eu a salvarei mesmo sem ele! — bradou enquanto partia.

CAPÍTULO XXII

Contudo, só quando ela já havia partido — e senti saudades imediatamente — é que a aflição realmente chegou. Se eu não tinha idéia do que seria estar sozinha com Miles percebi, rapidamente, que agora, ao menos, teria uma medida. Nenhuma hora de minha estada em Bly foi de fato tão atormentada por apreensões como aquela quando, ao descer para encontrar a carruagem que levaria a Sra. Grose e minha jovem aluna, descobri que ela já havia atravessado os portões. Agora eu estava, refleti, cara a cara com a tempestade, e pelo resto daquele dia, enquanto lidava com minha fraqueza, considerei-me absolutamente ousada. O lugar, agora, era muito mais opressivo do que aquele em que vivera; além disso, pela primeira vez, eu enxergava no semblante dos outros criados um confuso reflexo da crise. O que ocorrera, naturalmente, provocara um espanto geral; havia muito pouco a ser explicado, independentemente do que disséssemos a esse respeito, no ato súbito de minha companheira. As criadas e os homens pareciam estarrecidos; o efeito sobre meus nervos foi um agravamento, até que vi a necessidade de fazer daquilo algo positivo. Foi por agarrar o leme que evitei um total naufrágio; e atrevo-me a dizer que, para suportar tudo aquilo, tornei-me, naquela manhã, muito imponente e seca. Aceitei de bom grado a consciência de que fora encarregada de diversos afazeres, e quis que todos soubessem: deixada aos meus cuidados, sentia-me notavelmente firme. Caminhei com essa disposição durante uma hora ou duas, por toda a parte, e parecia — não tenho dúvida — pronta para qualquer ataque. Então, para o benefício de quem pudesse se interessar, eu desfilava com um coração aflito.

A pessoa que parecia menos preocupada com minha disposição,

até o jantar, era o pequeno Miles. Minhas perambulações não me deram, entrementes, nenhum vislumbre dele, mas tendiam a fazer mais pública a mudança em nossa relação, em conseqüência de ter me mantido tão fascinada e aturdida junto ao piano, no dia anterior, atendendo a um interesse de Flora. A evidência dos fatos, naturalmente, fora consolidado com o isolamento da menina, seguido de sua partida. A mudança era agora percebida pelo hábito de passarmos algum tempo na sala de estudos. Ele já havia desaparecido quando, na minha descida, abri a porta de seu quarto, e soube lá embaixo que tomara o café da manhã — na presença de duas criadas — com a Sra. Grose e a irmã. Em seguida saiu a caminhar. Refleti que ele não poderia ter exprimido melhor a sua opinião franca sobre a abrupta transformação de minha autoridade. O que ele deixaria a cargo da minha autoridade, de agora em diante, era algo que ainda dependia de uma resolução: havia um estranho alívio, especialmente para mim — na renúncia de uma pretensão. Se tantas coisas haviam emergido, mal posso enfatizar que o que se tornou mais patente foi o absurdo de se prolongar a farsa de que tivesse algo para ensinar-lhe. Ficava evidente com os pequenos truques nos quais ele mais do que eu se encarregava de zelar por minha dignidade, que eu precisava apelar a ele para enfrentá-lo no terreno de sua própria capacidade. Fosse como fosse, ele agora possuía a liberdade. Eu jamais interferiria nela novamente; eu já o havia demonstrado exaustivamente, ademais, quando, ao unir-se a mim na sala de estudos, na noite anterior, eu não fizera nenhuma provocação ou comentário a respeito dos acontecimentos daquela tarde. O que mais me preocupava, a partir daquele momento, eram outras idéias. Quando ele finalmente chegou, a dificuldade de pô-las em prática, o acúmulo de problemas, voltaram para mim, trazidos pela linda pequena presença, na qual os fatos ainda não tinham deixado sua marca ou sua sombra. Ao menos, era o que parecia.

Para reforçar perante as pessoas da casa a elevada posição que eu cultivava, decretei que as minhas refeições com o menino deveriam ser servidas no andar térreo, como o chamávamos. Fiquei esperando por ele na exagerada pompa da sala, do lado externo daquela mesma janela em que eu recebera da Sra. Grose, naquele primeiro domingo assombrado, o lampejo de algo que mal poderia ser chamado de luz. Aqui novamente senti — pois eu o havia sentido muitas outras vezes — que o meu equilíbrio dependia do êxito de minha rígida vontade, a de fechar o mais possível os olhos à verdade de que aquilo com o que eu precisava lidar era revoltante e contra a natureza. Só prosseguiria se tivesse a natureza no âmbito de minha confiança e conhecimento, tratando minha provação monstruosa como um empurrão numa direção anormal, incômoda, mas que ao fim exigia, para uma batalha justa, que eu apenas desse uma outra volta no parafuso da virtude humana. Nenhuma tentativa, de modo algum, exigiria mais tato do que essa de uma só pessoa tentar prover toda a natureza. Como eu poderia pôr um pouco dessa naturalidade na supressão da referência daquilo que havia ocorrido? Como fazer uma referência sem mergulhar novamente numa hedionda obscuridade? Bem, uma espécie de resposta, após algum tempo, viera até mim, e foi então confirmada quando encontrei, incontestavelmente, a visão renovada de algo que era raro em meu pequeno companheiro. Na verdade, era como se ele fosse capaz de encontrar ainda agora — como tão freqüentemente encontrara durante as aulas — outra forma delicada de me deixar à vontade. Esse fato, que se manifestou em nossa solidão a dois com um brilho especial jamais alcançado, não era luz suficiente? Seria despropositado, tratando-se de um menino tão bem-dotado, deixar passar a ajuda que se poderia extrair de sua inteligência absoluta? Para que sua inteligência lhe fora concedida senão para salvá-lo? Não seria lícito, para atingir a sua mente, correr o risco de promover uma metamorfose em seu caráter? Era como se, quando ficávamos frente a frente na sala de jantar, ele literalmente me apresentasse o caminho. O assado de carneiro estava sobre a mesa, e eu dispensara os criados. Antes de se sentar, Miles ficou por um momento com as mãos enfiadas nos bolsos olhando para a carne, sobre a qual ele parecia estar pronto para lançar um julgamento bem-humorado. Mas o que ele acabou de fato dizendo foi o seguinte:

— Então, minha querida, a menina está mesmo tão terrivelmente enferma?

— A pequena Flora? Não está tão mal que não possa melhorar. Londres permitirá o seu restabelecimento. Bly deixou de ser o local mais apropriado para ela. Venha e coma um pouco do assado de carneiro.

Ele obedeceu-me alegremente, carregando seu prato com cuidado até o seu lugar à mesa, e assim que se acomodou, continuou a falar:

— Será que Bly deixou de ser um lugar oportuno para ela assim tão subitamente?

— Não tão subitamente quanto você possa pensar.

Era possível perceber o que estava acontecendo.

— Então, por que a senhorita não a mandou embora antes?

— Antes do quê?

— Antes que ela estivesse doente demais para viajar.

Eu me sentia preparada.

— Ela *não* está doente demais para viajar: ela teria chegado a esse estado se tivesse permanecido. Esse foi justamente o momento mais apropriado. A viagem dissipará a influência — oh, eu era ótima! — e apagará tudo.

— Entendo, entendo.

Miles, a respeito daquele assunto, era ótimo também. Ele sentara para a refeição com as encantadoras maneiras à mesa que, desde o dia de sua chegada, haviam me dispensado de toda a grosseria das admoestações. Qualquer que tivesse sido o motivo para a sua expulsão da escola, certamente não fora em virtude de seus modos para comer. Naquele dia, ele estava irrepreensível, como sempre, mas, mostrava-se mais consciente. Procurava dar como certas mais coisas do que aquelas que poderia descobrir sozinho; e caiu num silêncio pacífico enquanto avaliava a sua situação. Nossa refeição foi das mais breves — a minha foi nada mais que um pretexto vão, e pedi que retirassem a minha comida imediatamente. Enquanto isso, Miles ergueu-se novamente com as mãos nos pequenos bolsos, dando as costas para mim — parou e olhou pela ampla janela, através da qual, outro dia, eu tinha visto o que me atordoara. Continuamos silenciosos enquanto a empregada estava conosco — tão silenciosos quanto, subitamente me ocorreu, um jovem casal que, em sua lua-de-mel, numa hospedaria, ficasse envergonhado na presença de um garçom. Só virou-se para mim quando o garçom já havia nos deixado. E disse:

— Bem, enfim estamos sós!

CAPÍTULO XXIII

— Oh, mais ou menos. — Imagino que meu sorriso foi pálido.

— Não absolutamente. Nós não gostaríamos disso! — continuei.

— Não, suponho que não. É claro que temos os outros.

— Temos os outros, de fato — concordei.

— Contudo, embora os tenhamos — ele devolveu, tendo ainda as mãos nos bolsos, e em pé diante de mim — eles não contam muito, não é?

Eu tentava fazer o melhor possível, mas sentia-me abatida.

— Depende do que você chama de "muito"!

— Sim — com todo respeito — tudo depende!

Ao dizer isso, todavia, ele voltou o rosto para a janela e alcançou-a com seus passos vagos, inquietos e calculados. Permaneceu ali por um momento, com o rosto encostado na vidraça, contemplando os estúpidos arbustos e as monótonas coisas de novembro. Eu tinha sempre a minha hipocrisia do trabalho, atrás da qual me escondia naquele momento, ao sentar-me no sofá. Estabelecendo-me com ele ali, tal como o fizera repetidamente naqueles momentos de tormenta que descrevi, quando eu sabia que as crianças estavam entregues a alguma atividade da qual eu me excluíra, obedecia apenas ao hábito de estar preparada para o pior. Mas uma impressão extraordinária tive quando extraía um significado da postura do menino, que estava embaraçado, de costas para mim — nada menos que a impressão de não estar sendo excluída dessa vez. Essa impressão cresceu em alguns minutos, alcançando uma intensidade aguda e parecia unir-se à direta percepção de que positivamente, dessa vez, o excluído era *ele*.

As molduras e retângulos da grande janela eram um tipo de

imagem, para ele, de um tipo de fracasso. Senti que eu o via, de qualquer maneira, fechado do lado de dentro ou para o lado de fora. Ele estava admirável, mas não à vontade: tive consciência disso com uma palpitação de esperança. Não estaria procurando, através da vidraça assombrada, algo que não podia enxergar? E não era essa a primeira vez nessa história toda que ele tivera consciência de tal lapso? A primeira vez, e considerei que isso seria um esplêndido presságio. Ele se sentia ansioso, embora estivesse controlando seus gestos; estivera ansioso o dia todo e, mesmo quando com suas doces e pequenas maneiras sentara-se à mesa, necessitara de todo o seu pequeno e estranho gênio para conferir à sua aparência um certo verniz. Quando finalmente virou-se para me encarar, era quase como se o seu gênio tivesse sucumbido.

— Bem, penso que estou feliz pelo fato de Bly ser oportuno para mim!

— Certamente, parece que você pôde conhecer mais do lugar nas últimas vinte e quatro horas, bem mais do que aquilo que você já conhecia. Espero — continuei corajosamente — que esteja aproveitando.

— Oh, sim, tenho aproveitado bastante até aqui; tenho estado por toda parte — a milhas e milhas de distância. Nunca me senti tão livre.

Ele realmente tinha um jeito singular, e eu podia apenas tentar acompanhá-lo.

— Bem, está gostando?

Ele ficou ali sorrindo; depois, finalmente, resumiu tudo em três palavras:

— E a senhorita? — Jamais pensei que três palavras pudessem conter tamanho significado. Antes que eu tivesse tempo para lidar com aquilo, ele prosseguiu como se percebesse que se tratava de uma impertinência a ser amenizada. — Nada poderia ser mais encantador do que o modo como a senhorita aceita as coisas, pois é claro que se estamos sozinhos agora, a senhorita é a mais solitária. — Mas espero — acrescentou — que não se preocupe particularmente com isso!

— Tendo de lidar com você? — perguntei. — Meu querido menino, como posso evitar a preocupação? Embora tenha renunciado ao direito de pedir a sua companhia (você está tão além de mim!), ao menos eu a aprecio muito. O que mais me teria mantido aqui?

Ele olhou-me mais diretamente, e a expressão de seu rosto, mais séria agora, atingiu-me como a mais bela que até então observara.

— A senhorita fica apenas por isso?

— Certamente. Fico por ser sua amiga e pelo imenso interesse que tenho por você, até que alguma coisa possa ser feita que lhe possa valer mais a pena. Isso não precisava surpreendê-lo — minha voz tremia de tal maneira que achei impossível evitar o tremor. — Não se lembra de como eu lhe disse, quando me sentei ao seu lado na cama na noite daquela tempestade, de que não havia nada neste mundo que eu não fizesse por você?

— Sim, sim! — Ele, por seu lado, cada vez mais nervoso, precisava controlar o tom de voz; mas era tão mais bem-sucedido do que eu que, rindo através de sua própria seriedade, era capaz de fingir que brincávamos prazerosamente. — Só que, creio eu, ao dizê-lo queria que eu fizesse algo pela senhorita!

— Foi em parte para que você fizesse algo — admiti — mas você sabe que não fez.

— Oh, sim! — ele disse, com a avidez mais viva e superficial que existe. — A senhorita queria que eu lhe contasse alguma coisa.

— É isso mesmo. Queria que você falasse claramente daquilo que está em seus pensamentos, você sabe...

— Ah, então foi para isso que a senhorita ficou?

Ele falava com uma alegria pela qual eu podia ainda captar o mais leve tremorzinho de paixão ressentida; mas não posso começar a expressar o efeito que teve sobre mim esse sinal, ainda que débil, de que ele começava a se render. Era como se, tudo aquilo pelo que eu havia anelado, tivesse finalmente chegado apenas para me deixar atordoada.

— Bem, sim, posso muito bem me abrir a esse respeito agora. Foi precisamente por esse motivo.

Ele esperou por tanto tempo que acreditei ter sido com o propósito de repudiar a pressuposição em que minha ação havia sido fundamentada; mas o que ele finalmente disse foi:

— A senhorita quer dizer agora — aqui?

— Não haveria um lugar melhor, nem uma hora mais apropriada. Ele olhou ao seu redor com desconforto, e tive a rara, oh, a esquisita! impressão de ter visto nele a aproximação do primeiro sintoma de medo. Era como se ele subitamente tivesse medo de mim... o que me fez atinar que de fato, talvez, fosse isso o melhor que eu poderia fazer por ele. Na própria aflição do esforço, senti que era inútil usar de severidade, e ouvi as palavras que proferi no instante seguinte ditas com tamanha gentileza que pareciam grotescas. — perguntei. — Você deseja ir embora novamente?

— Terrivelmente!

Ele sorriu-me heroicamente, e a pequena bravura comovente de sua fala foi realçada por ele, ruborizado pelo sofrimento. Ele havia apanhado o chapéu que trazia consigo e ficou ali, amassando, de um modo que me dava, mesmo que nesse momento eu estivesse perto do porto, uma sensação de horror perverso em relação ao que eu estava fazendo. Fazê-lo, de qualquer modo, era um ato de violência, pois de que consistia, senão, em introduzir uma idéia de grosseria e culpa numa criatura pequena, indefesa, que se tornara a mim uma revelação das possibilidades de um relacionamento maravilhoso? Não seria um ato de baixeza criar para uma criatura tão primorosa um mero constrangimento em relação ao qual ele estava simplesmente alheio? Suponho que hoje leio nossa situação com uma clareza que não poderia ter naquele tempo, porque eu parecia ver nossos pobres olhos já iluminados com alguma centelha de uma previsão da angústia que estava por chegar. Então andávamos em círculos, com terrores e escrúpulos, como lutadores que não ousavam uma aproximação maior. Mas o medo que tínhamos era um do outro! Aquilo nos manteve suspensos por um pouco mais de tempo, e incólumes.

— Contarei tudo à senhorita — disse Miles. — Quero dizer, contarei tudo o que a senhorita quiser. A senhorita ainda estará comigo, e vamos nos relacionar muito bem e certamente contarei, contarei sim. Mas não agora.

— Por que não agora?

Minha insistência fez que ele se afastasse de mim e o manteve, outra vez, ao lado da janela, num silêncio entre nós durante o qual seria possível ouvir o som da queda de um alfinete. Então, ficou novamente diante de mim com o ar de uma pessoa para quem, pelo lado de fora, alguém com quem deveria acertar contas se encontrasse à espera.

— Preciso ver Luke.

Eu ainda não o tinha reduzido a uma mentira tão vulgar, e me senti proporcionalmente envergonhada. Mas, por mais horrível que fossem, suas mentiras criavam a oportunidade para a minha verdade. Pensativa, dei mais alguns pontos no meu tricô.

— Bem, então vá ter com Luke, e eu esperarei pelo cumprimento de sua promessa. Apenas, em retribuição, satisfaça, antes de me deixar, um pedido muito mais simples.

Ele parecia como alguém que se sente vitorioso o suficiente para ser capaz de fazer ainda alguma barganha.

— Muito mais simples...?

— Sim, uma pequena fração do todo. Diga-me — oh, o meu tricô me preocupava, e eu estava muito desligada! — se ontem à tarde, você teria pego, de cima da mesa do saguão, a minha carta.

CAPÍTULO XXIV

Minha percepção de como ele recebeu essa pergunta sofreu por um minuto de algo que só posso descrever como um feroz arrebatamento de minha atenção — um golpe que, a princípio, quando me ergui, reduziu-me ao simples movimento cego de agarrá-lo, de trazê-lo junto a mim e de mantê-lo instintivamente de costas para a janela, ao mesmo tempo em que procurava apoio no móvel mais próximo. A aparição estava inteira sobre nós, mais próxima do que das outras vezes que eu tivera de lidar com ela aqui: Peter Quint havia aparecido em nosso campo de visão como se fosse uma sentinela guardando uma prisão. A próxima coisa que vi foi que, pelo lado de fora, ele chegara até a janela, e então eu sabia que, perto da vidraça e lançando através dela um olhar feroz, ele oferecera mais uma vez à sala a sua face lívida de danação. Dizer que tomei minha decisão no mesmo segundo representa apenas grosseiramente o que se passou no meu espírito diante daquela cena; contudo, creio que nenhuma outra mulher, tão desesperada como eu estava, conseguiria recuperar tão rapidamente o controle sobre suas próprias emoções. Ocorreu-me, em meio ao horror daquela presença imediata, que minha ação deveria ser, vendo e encarando o que eu via e encarava, a de preservar o menino daquela experiência. A inspiração — não posso chamá-la por outro nome — constituiu-se na capacidade de perceber voluntariamente e de modo transcendente como eu poderia realizar isso. Era como lutar com um demônio por uma alma humana, e quando pude avaliar razoavelmente essa circunstância, vi de que forma a alma humana — mantida, no tremor de minhas mãos, envolvida na extensão de meus braços — tinha em si um perfeito orvalho de suor na sua adorável fronte infantil. O rosto que estava próximo do meu estava tão lívido quanto aquele encostado na vidraça, e dele veio um som, que não era baixo nem fraco, mas que parecia emanar de muito mais longe, que sorvi como se fora uma brisa perfumada.

— Sim, eu peguei.

Ouvindo isso, com um gemido de alegria, envolvi-o, trouxe-o para mais perto de mim; e enquanto segurava-o contra o meu peito, sentindo na súbita febre de seu pequeno corpo a tremenda palpitação de seu coraçãozinho, mantinha os meus olhos fixos na coisa que estava na janela, percebendo que ela se movia e mudava de postura. Eu a havia comparado com uma sentinela, mas o seu giro lento, por um momento, assemelhava-se mais com a espreita de uma besta confundida. Meu súbito espírito de bravura, todavia, era tal que, para não expô-lo em demasia, tive de amainar, digamos, a sua chama. Enquanto isso, a ferocidade daquele rosto se projetava novamente pela janela, onde o miserável tinha os olhos cravados como se vigiasse e aguardasse o momento certo. Foi o sentimento de confiança de que poderia desafiá-lo agora, tanto quanto a certeza de que, a essa altura, a criança nada percebia, que me fez prosseguir.

— Por que pegou a carta?

— Para saber o que a senhorita dizia a meu respeito.

— Você abriu a correspondência?

— Sim, abri.

Meus olhos estavam agora, enquanto relaxava um pouco o meu abraço novamente, sobre o rosto de Miles, no qual o colapso da ironia me mostrava como fora completa a devastação feita pelo incômodo. Era prodigioso que, finalmente, com o meu sucesso, os seus sentidos tivessem sido selados e sua comunicação interrompida: ele sabia que estava na presença de algo, mas não sabia na presença de quê, e sabia ainda menos que eu também tinha ciência e conhecia essa mesma presença.

E que importava a tensão desse tormento se meus olhos focalizaram a janela apenas para perceber que o ar estava claro novamente e que — pelo meu triunfo pessoal — a influência havia desaparecido? Não havia nada ali. Senti que a causa tinha sido a minha intervenção e que certamente eu havia obtido êxito em *tudo*.

— E não encontrou nada! — concluí.

Ele acenou com a cabeça, num sinal de extrema desolação e reflexão.

— Nada.

— Nada, nada — quase gritei enlevada.

— Nada, nada — ele repetiu tristemente.

Beijei a sua testa; estava encharcada de suor.

— Então, o que você fez com ela?

— Queimei-a.

— Queimou-a? — tinha de ser agora ou nunca. — Foi isso o que você fez na escola?

Oh, quanta coisa isso trouxe à tona!

— Na escola?

— Você pegava cartas? Ou outras coisas?

— Outras coisas? — Ele parecia agora pensar sobre algo remoto que o atingia apenas através da pressão de sua ansiedade. No entanto, o atingia. — A senhorita quer saber se eu roubava?

Senti-me ruborizada até as raízes dos cabelos, imaginando se seria mais estranho fazer a um cavalheiro uma pergunta dessas ou vê-lo considerá-la com as mesmas liberalidades que davam o tom de sua queda no mundo.

— Era por essa razão que você não podia voltar para lá?

A única coisa que ele sentiu foi uma lúgubre e pequena surpresa.

— A senhorita sabia que eu não poderia voltar?

— Eu sei de tudo.

Ao me ouvir, ele lançou-me o mais longo e mais estranho olhar.

— Tudo?

— Tudo. Portanto, você...? — mas não pude dizê-lo novamente.

Miles podia, com muita simplicidade.

— Não, eu não roubava.

Meu rosto deve ter mostrado que eu absolutamente acreditava nele; contudo, minhas mãos — mas isso era o simples resultado da ternura — sacudiam-no, como se eu quisesse perguntá-lo por que, se tudo acontecera sem nenhum motivo, tinha me condenado a meses de tormentos.

— Então, o que foi que você fez?

Em meio a um sofrimento vago, ele olhou circularmente para o teto da sala e tomou fôlego, duas ou três vezes, como se tivesse dificuldade em respirar. Era como se estivesse de pé no fundo do mar e erguesse os olhos para ver alguma débil luz crepuscular esverdeada.

— Bem — eu dizia coisas...

— Apenas isso?

— Julgaram que era o suficiente!

— Para lhe expulsar?

Nunca, em verdade, alguém que fora "expulso" mostrara-se tão incapaz de justificá-lo, como essa criaturinha! Era como se ele avaliasse a minha pergunta, mas com um grande desapego e quase indefeso.

— Bem, suponho que não deveria tê-lo feito.

— Mas para quem você disse essas coisas?

Ele obviamente tentava se lembrar, mas sem êxito — ele havia esquecido.

— Não sei!

Ele quase sorria para mim no abandono de sua rendição, que era de fato, a essa altura, tão completa que eu bem poderia ter parado por ali. Mas eu estava apaixonada pelo assunto — a vitória me cegara de tal modo que o resultado que servira para aproximá-lo tanto de mim, já contribuía para separá-lo ainda mais.

— Dizia essas coisas para todos? — perguntei.

— Não, dizia apenas para... — mas tremeu um pouco a sua cabeça, aborrecido. — Não me lembro de seus nomes.

— Eram tantos assim?

— Não, apenas alguns. Aqueles de quem eu gostava.

Aqueles de quem ele gostava? Eu parecia flutuar não em meio à claridade, mas numa zona de obscuridade ainda maior, num instante havia me ocorrido, a partir de meu sentimento de compaixão, a apavorante idéia de que talvez ele fosse inocente. Sentia-me naquele instante confusa, pois se ele fosse inocente, o que se poderia dizer de mim? Paralisada, enquanto essa sensação durou, pelo simples roçar da dúvida, deixei que ele se afastasse um pouco, de modo que, com um suspiro profundo, virou-me as costas mais uma vez; e enquanto ele olhava através da janela translúcida, eu sofria com o sentimento de que nada mais havia ali para que ele precisasse de minha proteção.

— E eles repetiam o que você dizia? — prossegui após um momento.

Em breve ele tomara alguma distância de mim, respirando ainda com dificuldade, conquanto não mais estivesse irritado por estar confinado contra a sua vontade. Outra vez, como fizera anteriormente, ele olhava para o dia sombrio como se, de tudo que o havia sustentado até aqui, nada restara além de uma ansiedade imensa.

— Oh, sim — apesar de tudo respondeu —, eles devem ter repetido o que eu dizia. Para aqueles de quem *eles* gostavam — acrescentou.

Havia, de algum modo, menos revelações do que eu esperara; mas eu voltava à carga.

— E essas coisas chegavam...?

— Ao conhecimento dos professores? Oh, sim! — respondeu com muita simplicidade. — Mas eu não sabia que eles contariam.

— Os professores? Eles nunca me contaram. É por isso que eu pergunto a você.

Ele virou, novamente, na minha direção, seu pequeno rosto febril.

— Sim, acho que era muito maldoso.

— Muito maldoso?

— Aquilo que suponho ter dito algumas vezes. Era maldoso demais para que eles chegassem a escrever para casa.

Não posso descrever a estranheza patética da contradição que havia entre aquele que falava e o conteúdo de sua fala. Sei apenas que no próximo instante ouvi-me dizer com energia familiar:

— Bobagem e absurdo! — Mas no momento subseqüente devo ter soado severa o bastante. — Que coisas eram essas?

Minha severidade dirigia-se toda ao seu juiz, ao seu executor. Isso fazia que ele se desviasse novamente, e aquele movimento fez que eu me lançasse sobre ele com um único impulso e um grito irreprimível. Pois lá estava novamente, junto a vidraça, como se quisesse frustrar a sua confissão e deter a sua resposta, o hediondo autor de nosso infortúnio — a lívida face da danação. Fui acometida por vertigens com a queda de minha vitória e com todo o retorno de minha batalha, de tal modo que o ímpeto de meu verdadeiro salto servira apenas como uma grande traição. Vi Miles, no meio do meu ato, encarando com ares de adivinhação, e percebendo que mesmo agora, ele só podia conjeturar, e que para os seus olhos, a janela estava ainda livre. Deixei que a minha chama impulsiva transformasse o clímax de sua desilusão na própria prova de sua liberação.

— Nunca mais, nunca mais, nunca mais! — gritava para o meu visitante, enquanto tentava estreitar o menino junto a mim.

— Ela está aqui? — Miles arquejava enquanto apanhava, com seus olhos fechados, a direção de minhas palavras. Então, como o seu estranho "ela" me fez cambalear e, arfando, eu o repetira. Com uma fúria súbita, ele me respondeu, exclamando: — A Srta. Jessel, a Srta. Jessel!

Estupefata, apeguei-me à sua suposição — alguma seqüela daquilo que fizéramos a Flora — mas isso fez apenas que eu desejasse mostrar a ele que se tratava de algo ainda melhor.

— Não é a Srta. Jessel! Mas está ali na janela, bem diante de nós. Está *ali*, o medonho covarde, está ali pela última vez!

Ao ouvir isso, depois de um momento em que sua cabeça fez um movimento igual ao de um cão desorientado na caçada, sacudindo-a freneticamente em busca de ar e luz, voltou-se em minha direção lívido de raiva, desnorteado, olhando a esmo para todos os lados sem encontrar absolutamente nada, embora, a essa altura, para os meus sentidos, a presença esmagadora já enchesse a sala com algo que se assemelhava ao gosto de um veneno.

— É *ele*? — perguntou o menino.

Eu estava tão determinada a obter todas as minhas provas que me transformei em gelo para poder desafiá-lo:

— Quem você quer dizer com *ele*?

— Peter Quint — seu demônio! — Seu rosto soltou novamente, pelo espaço do aposento, a sua súplica convulsiva. — Onde?

Ainda soam em meus ouvidos a suprema rendição ao nome e seu tributo à minha devoção.

— Que importa ele agora, minha riqueza? Que importância ele poderá ter algum dia? Eu tenho você — dirigi-me à besta na janela — mas ele já o perdeu para sempre! — Então, para efetivar o resultado de meu trabalho: — Ali, ali! — eu disse para Miles.

Mas ele já havia se jogado para a frente e circulava, com os olhos arregalados, olhando com fúria mais uma vez, sem ver qualquer coisa além do dia silencioso. Com o golpe da perda que tanto me orgulhava, ele emitiu o grito de uma criatura lançada a um abismo. O abraço com que eu o recuperei bem poderia ter sido o de alguém que o segurasse em plena queda.

Segurei-o, sim, abracei-o — pode-se imaginar com que paixão; mas, ao fim de um minuto, comecei a sentir o que de fato eu havia abraçado. Estávamos na tranqüilidade do dia, e seu pequeno coração, despossuído, deixara de bater.

Sumário

O Objetivo, a filosofia e a missão da Editora Martin Claret

O principal objetivo da Martin Claret é contribuir para a difusão da educação e da cultura, por meio da democratização do livro, usando canais de comercialização habituais, além de criar novos.

A filosofia de trabalho da Martin Claret consiste em produzir livros de qualidade a um preço acessível, para que possam ser apreciados pelo maior número possível de leitores.

A missão da Martin Claret é conscientizar e motivar as pessoas a desenvolver e utilizar o seu pleno potencial espiritual, mental, emocional e social.

O livro muda as pessoas. Revolucione-se: leia mais para ser mais!

MARTIN CLARET

Relação dos Volumes Publicados

1. **Dom Casmurro** *Machado de Assis*
2. **O Príncipe** *Maquiavel*
3. **Mensagem** *Fernando Pessoa*
4. **O Lobo do Mar** *Jack London*
5. **A Arte da Prudência** *Baltasar Gracián*
6. **Iracema / Cinco Minutos** *José de Alencar*
7. **Inocência** *Visconde de Taunay*
8. **A Mulher de 30 Anos** *Honoré de Balzac*
9. **A Moreninha** *Joaquim Manuel de Macedo*
10. **A Escrava Isaura** *Bernardo Guimarães*
11. **As Viagens - "Il Milione"** *Marco Polo*
12. **O Retrato de Dorian Gray** *Oscar Wilde*
13. **A Volta ao Mundo em 80 Dias** *Júlio Verne*
14. **A Carne** *Júlio Ribeiro*
15. **Amor de Perdição** *Camilo Castelo Branco*
16. **Sonetos** *Luís de Camões*
17. **O Guarani** *José de Alencar*
18. **Memórias Póstumas de Brás Cubas** *Machado de Assis*
19. **Lira dos Vinte Anos** *Álvares de Azevedo*
20. **Apologia de Sócrates / Banquete** *Platão*
21. **A Metamorfose/Um Artista da Fome/Carta a Meu Pai** *Franz Kafka*
22. **Assim Falou Zaratustra** *Friedrich Nietzsche*
23. **Triste Fim de Policarpo Quaresma** *Lima Barreto*
24. **A Ilustre Casa de Ramires** *Eça de Queirós*
25. **Memórias de um Sargento de Milícias** *Manuel Antônio de Almeida*
26. **Robinson Crusoé** *Daniel Defoe*
27. **Espumas Flutuantes** *Castro Alves*
28. **O Ateneu** *Raul Pompéia*
29. **O Noviço / O Juiz de Paz da Roça / Quem Casa Quer Casa** *Martins Pena*
30. **A Relíquia** *Eça de Queirós*
31. **O Jogador** *Dostoiévski*
32. **Histórias Extraordinárias** *Edgar Allan Poe*
33. **Os Lusíadas** *Luís de Camões*
34. **As Aventuras de Tom Sawyer** *Mark Twain*
35. **Bola de Sebo e Outros Contos** *Guy de Maupassant*
36. **A República** *Platão*
37. **Elogio da Loucura** *Erasmo de Rotterdam*
38. **Caninos Brancos** *Jack London*
39. **Hamlet** *William Shakespeare*
40. **A Utopia** *Thomas More*
41. **O Processo** *Franz Kafka*
42. **O Médico e o Monstro** *Robert Louis Stevenson*
43. **Ecce Homo** *Friedrich Nietzsche*
44. **O Manifesto do Partido Comunista** *Marx e Engels*
45. **Discurso do Método / Meditações** *René Descartes*
46. **Do Contrato Social** *Jean-Jacques Rousseau*
47. **A Luta pelo Direito** *Rudolf von Ihering*
48. **Dos Delitos e das Penas** *Cesare Beccaria*
49. **A Ética Protestante e o Espírito do Capitalismo** *Max Weber*
50. **O Anticristo** *Friedrich Nietzsche*
51. **Os Sofrimentos do Jovem Werther** *Goethe*
52. **As Flores do Mal** *Charles Baudelaire*
53. **Ética a Nicômaco** *Aristóteles*
54. **A Arte da Guerra** *Sun Tzu*
55. **Imitação de Cristo** *Tomás de Kempis*
56. **Cândido ou o Otimismo** *Voltaire*
57. **Rei Lear** *William Shakespeare*
58. **Frankenstein** *Mary Shelley*
59. **Quincas Borba** *Machado de Assis*
60. **Fedro** *Platão*
61. **Política** *Aristóteles*
62. **A Viuvinha / Encarnação** *José de Alencar*
63. **As Regras do Método Sociológico** *Émile Durkheim*
64. **O Cão dos Baskervilles** *Sir Arthur Conan Doyle*
65. **Contos Escolhidos** *Machado de Assis*
66. **Da Morte / Metafísica do Amor / Do Sofrimento do Mundo** *Arthur Schopenhauer*
67. **As Minas do Rei Salomão** *Henry Rider Haggard*
68. **Manuscritos Econômico-Filosóficos** *Karl Marx*
69. **Um Estudo em Vermelho** *Sir Arthur Conan Doyle*
70. **Meditações** *Marco Aurélio*
71. **A Vida das Abelhas** *Maurice Materlinck*
72. **O Cortiço** *Aluísio Azevedo*
73. **Senhora** *José de Alencar*
74. **Brás, Bexiga e Barra Funda / Laranja da China** *Antônio de Alcântara Machado*
75. **Eugênia Grandet** *Honoré de Balzac*
76. **Contos Gauchescos** *João Simões Lopes Neto*
77. **Esaú e Jacó** *Machado de Assis*
78. **O Desespero Humano** *Sören Kierkegaard*
79. **Dos Deveres** *Cícero*
80. **Ciência e Política** *Max Weber*
81. **Satíricon** *Petrônio*
82. **Eu e Outras Poesias** *Augusto dos Anjos*
83. **Farsa de Inês Pereira / Auto da Barca do Inferno / Auto da Alma** *Gil Vicente*
84. **A Desobediência Civil e Outros Escritos** *Henry David Toreau*
85. **Para Além do Bem e do Mal** *Friedrich Nietzsche*
86. **A Ilha do Tesouro** *R. Louis Stevenson*
87. **Marília de Dirceu** *Tomás A. Gonzaga*
88. **As Aventuras de Pinóquio** *Carlo Collodi*
89. **Segundo Tratado Sobre o Governo** *John Locke*
90. **Amor de Salvação** *Camilo Castelo Branco*
91. **Broquéis/Faróis/Últimos Sonetos** *Cruz e Souza*
92. **I-Juca-Pirama / Os Timbiras / Outros Poemas** *Gonçalves Dias*
93. **Romeu e Julieta** *William Shakespeare*
94. **A Capital Federal** *Arthur Azevedo*
95. **Diário de um Sedutor** *Sören Kierkegaard*
96. **Carta de Pero Vaz de Caminha a El-Rei Sobre o Achamento do Brasil**
97. **Casa de Pensão** *Aluísio Azevedo*
98. **Macbeth** *William Shakespeare*

99. Édipo Rei/Antígona
Sófocles

100. Lucíola
José de Alencar

101. As Aventuras de Sherlock Holmes
Sir Arthur Conan Doyle

102. Bom-Crioulo
Adolfo Caminha

103. Helena
Machado de Assis

104. Poemas Satíricos
Gregório de Matos

105. Escritos Políticos / A Arte da Guerra
Maquiavel

106. Ubirajara
José de Alencar

107. Diva
José de Alencar

108. Eurico, o Presbítero
Alexandre Herculano

109. Os Melhores Contos
Lima Barreto

110. A Luneta Mágica
Joaquim Manuel de Macedo

111. Fundamentação da Metafísica dos Costumes e Outros Escritos
Immanuel Kant

112. O Príncipe e o Mendigo
Mark Twain

113. O Domínio de Si Mesmo pela Auto-Sugestão Consciente
Émile Coué

114. O Mulato
Aluísio Azevedo

115. Sonetos
Florbela Espanca

116. Uma Estadia no Inferno / Poemas / Carta do Vidente
Arthur Rimbaud

117. Várias Histórias
Machado de Assis

118. Fédon
Platão

119. Poesias
Olavo Bilac

120. A Conduta para a Vida
Ralph Waldo Emerson

121. O Livro Vermelho
Mao Tsé-Tung

122. Oração aos Moços
Rui Barbosa

123. Otelo, o Mouro de Veneza
William Shakespeare

124. Ensaios
Ralph Waldo Emerson

125. De Profundis / Balada do Cárcere de Reading
Oscar Wilde

126. Crítica da Razão Prática
Immanuel Kant

127. A Arte de Amar
Ovídio Naso

128. O Tartufo ou O Impostor
Molière

129. Metamorfoses
Ovídio Naso

130. A Gaia Ciência
Friedrich Nietzsche

131. O Doente Imaginário
Molière

132. Uma Lágrima de Mulher
Aluísio Azevedo

133. O Último Adeus de Sherlock Holmes
Sir Arthur Conan Doyle

134. Canudos - Diário de uma Expedição
Euclides da Cunha

135. A Doutrina de Buda
Siddharta Gautama

136. Tao Te Ching
Lao-Tsé

137. Da Monarquia / Vida Nova
Dante Alighieri

138. A Brasileira de Prazins
Camilo Castelo Branco

139. O Velho da Horta/Quem Tem Farelos?/Auto da Índia
Gil Vicente

140. O Seminarista
Bernardo Guimarães

141. O Alienista / Casa Velha
Machado de Assis

142. Sonetos
Manuel du Bocage

143. O Mandarim
Eça de Queirós

144. Noite na Taverna / Macário
Álvares de Azevedo

145. Viagens na Minha Terra
Almeida Garrett

146. Sermões Escolhidos
Padre Antonio Vieira

147. Os Escravos
Castro Alves

148. O Demônio Familiar
José de Alencar

149. A Mandrágora / Belfagor, o Arquidiabo
Maquiavel

150. O Homem
Aluísio Azevedo

151. Arte Poética
Aristóteles

152. A Megera Domada
William Shakespeare

153. Alceste/Electra/Hipólito
Eurípedes

154. O Sermão da Montanha
Huberto Rohden

155. O Cabeleira
Franklin Távora

156. Rubáiyát
Omar Khayyám

157. Luzia-Homem
Domingos Olímpio

158. A Cidade e as Serras
Eça de Queirós

159. A Retirada da Laguna
Visconde de Taunay

160. A Viagem ao Centro da Terra
Júlio Verne

161. Caramuru
Frei Santa Rita Durão

162. Clara dos Anjos
Lima Barreto

163. Memorial de Aires
Machado de Assis

164. Bhagavad Gita
Krishna

165. O Profeta
Khalil Gibran

166. Aforismos
Hipócrates

167. Kama Sutra
Vatsyayana

168. O Livro da Jângal
Rudyard Kipling

169. De Alma para Alma
Huberto Rohden

170. Orações
Cícero

171. Sabedoria das Parábolas
Huberto Rohden

172. Salomé
Oscar Wilde

173. Do Cidadão
Thomas Hobbes

174. Porque Sofremos
Huberto Rohden

175. Einstein: o Enigma do Universo
Huberto Rohden

176. A Mensagem Viva do Cristo
Huberto Rohden

177. Mahatma Gandhi
Huberto Rohden

178. A Cidade do Sol
Tommaso Campanella

179. Setas para o Infinito
Huberto Rohden

180. A Voz do Silêncio
Helena Blavatsky

181. Frei Luís de Sousa
Almeida Garrett

182. Fábulas
Esopo

183. Cântico de Natal/ Os Carrilhões
Charles Dickens

184. Contos
Eça de Queirós

185. O Pai Goriot
Honoré de Balzac

186. Noites Brancas e Outras Histórias
Dostoiévski

187. Minha Formação
Joaquim Nabuco

188. Pragmatismo
William James

189. Discursos Forenses
Enrico Ferri

190. Medéia
Eurípedes

191. Discursos de Acusação
Enrico Ferri

192. A Ideologia Alemã
Marx & Engels

193. Prometeu Acorrentado
Ésquilo

194. Iaiá Garcia
Machado de Assis

195. Discursos no Instituto dos Advogados Brasileiros / Discurso no Colégio Anchieta
Rui Barbosa

196. Édipo em Colono
Sófocles

197. A Arte de Curar pelo Espírito
Joel S. Goldsmith

198. Jesus, o Filho do Homem
Khalil Gibran

199. Discurso sobre a Origem e os Fundamentos da Desigualdade entre os Homens
Jean-Jacques Rousseau

200. **Fábulas**
La Fontaine

201. **O Sonho de uma Noite de Verão**
William Shakespeare

202. **Maquiavel, o Poder**
José Nivaldo Junior

203. **Ressurreição**
Machado de Assis

204. **O Caminho da Felicidade**
Huberto Rohden

205. **A Velhice do Padre Eterno**
Guerra Junqueiro

206. **O Sertanejo**
José de Alencar

207. **Gitanjali**
Rabindranath Tagore

208. **Senso Comum**
Thomas Paine

209. **Canaã**
Graça Aranha

210. **O Caminho Infinito**
Joel S. Goldsmith

211. **Pensamentos**
Epicuro

212. **A Letra Escarlate**
Nathaniel Hawthorne

213. **Autobiografia**
Benjamin Franklin

214. **Memórias de Sherlock Holmes**
Sir Arthur Conan Doyle

215. **O Dever do Advogado / Posse de Direitos Pessoais**
Rui Barbosa

216. **O Tronco do Ipê**
José de Alencar

217. **O Amante de Lady Chatterley**
D. H. Lawrence

218. **Contos Amazônicos**
Inglês de Souza

219. **A Tempestade**
William Shakespeare

220. **Ondas**
Euclides da Cunha

221. **Educação do Homem Integral**
Huberto Rohden

222. **Novos Rumos para a Educação**
Huberto Rohden

223. **Mulherzinhas**
Louise May Alcott

224. **A Mão e a Luva**
Machado de Assis

225. **A Morte de Ivan Ilicht / Senhores e Servos**
Leon Tolstói

226. **Álcoois e Outros Poemas**
Apollinaire

227. **Pais e Filhos**
Ivan Turguêniev

228. **Alice no País das Maravilhas**
Lewis Carroll

229. **À Margem da História**
Euclides da Cunha

230. **Viagem ao Brasil**
Hans Staden

231. **O Quinto Evangelho**
Tomé

232. **Lorde Jim**
Joseph Conrad

233. **Cartas Chilenas**
Tomás Antônio Gonzaga

234. **Odes Modernas**
Anntero de Quental

235. **Do Cativeiro Babilônico da Igreja**
Martinho Lutero

236. **O Coração das Trevas**
Joseph Conrad

237. **Thais**
Anatole France

238. **Andrômaca / Fedra**
Racine

239. **As Catilinárias**
Cícero

240. **Recordações da Casa dos Mortos**
Dostoiévski

241. **O Mercador de Veneza**
William Shakespeare

242. **A Filha do Capitão / A Dama de Espadas**
Aleksandr Púchkin

243. **Orgulho e Preconceito**
Jane Austen

244. **A Volta do Parafuso**
Henry James

245. **O Gaúcho**
José de Alencar

246. **Tristão e Isolda**
Lenda Medieval Celta de Amor

247. **Poemas Completos de Alberto Caeiro**
Fernando Pessoa

248. **Maiakósvski**
Vida e Poesia

249. **Sonetos**
William Shakespeare

250. **Poesia de Ricardo Reis**
Fernando Pessoa

251. **Papéis Avulsos**
Machado de Assis

252. **Contos Fluminenses**
Machado de Assis

253. **O Bobo**
Alexandre Herculano

254. **A Oração da Coroa**
Demóstenes

255. **O Castelo**
Franz Kafka

256. **O Trovejar do Silêncio**
Joel S. Goldsmith

257. **Alice na Casa dos Espelhos**
Lewis Carrol

258. **Miséria da Filosofia**
Karl Marx

259. **Júlio César**
William Shakespeare

260. **Antônio e Cleópatra**
William Shakespeare

261. **Filosofia da Arte**
Huberto Rohden

262. **A Alma Encantadora das Ruas**
João do Rio

263. **A Normalista**
Adolfo Caminha

264. **Pollyanna**
Eleanor H. Porter

265. **As Pupilas do Senhor Reitor**
Júlio Diniz

266. **As Primaveras**
Casimiro de Abreu

267. **Fundamentos do Direito**
Léon Duguit

268. **Discursos de Metafísica**
G. W. Leibniz

269. **Sociologia e Filosofiia**
Émile Durkheim

270. **Cancioneiro**
Fernando Pessoa

271. **A Dama das Camélias**
Alexandre Dumas (filho)

272. **O Divórcio / As Bases da Fé / e outros textos**
Rui Barbosa

273. **Pollyanna Moça**
Eleanor H. Porter

274. **O 18 Brumário de Luís Bonaparte**
Karl Marx

275. **Teatro de Machado de Assis**
Antologia

276. **Cartas Persas**
Montesquieu

277. **Em Comunhão com Deus**
Huberto Rohden

278. **Razão e Sensibilidade**
Jane Austen

279. **Crônicas Selecionadas**
Machado de Assis

280. **Histórias da Meia-Noite**
Machado de Assis

281. **Cyrano de Bergerac**
Edmond Rostand

282. **O Maravilhoso Mágico de Oz**
L. Frank Baum

283. **Trocando Olhares**
Florbela Espanca

284. **O Pensamento Filosófico da Antiguidade**
Huberto Rohden

285. **Filosofia Contemporânea**
Huberto Rohden

286. **O Espírito da Filosofia Oriental**
Huberto Rohden

287. **A Pele do Lobo / O Badejo / o Dote**
Artur Azevedo

288. **Os Bruzundangas**
Lima Barreto

289. **A Pata da Gazela**
José de Alencar

290. **O Vale do Terror**
Sir Arthur Conan Doyle

291. **O Signo dos Quatro**
Sir Arthur Conan Doyle

292. **As Máscaras do Destino**
Florbela Espanca

293. **A Confissão de Lúcio**
Mário de Sá-Carneiro

294. **Falenas**
Machado de Assis

295. **O Uraguai / A Declamação Trágica**
Basílio da Gama

296. **Crisálidas**
Machado de Assis

297. **Americanas**
Machado de Assis

298. **A Carteira de Meu Tio**
Joaquim Manuel de Macedo

299. **Catecismo da Filosofia**
Huberto Rohden

301. **Rumo à Consciência Cósmica**
Huberto Rohden

302. Cosmoterapia
Huberto Rohden

303. Bodas de Sangue
Federico García Lorca

304. Discurso da Servidão Voluntária
Étienne de la Boétie

305. Categorias
Aristóteles

306. Manon Lescaut
Abade Prévost

307. Teogonia / Trabalhos e Dias
Hesíodo

308. As Vítimas Algozes
Joaquim Manuel de Macedo

309. Persuasão
Jane Austen

Série Ouro
(Livros com mais de 400 p.)

1. Leviatã
Thomas Hobbes

2. A Cidade Antiga
Fustel de Coulanges

3. Crítica da Razão Pura
Immanuel Kant

4. Confissões
Santo Agostinho

5. Os Sertões
Euclides da Cunha

6. Dicionário Filosófico
Voltaire

7. A Divina Comédia
Dante Alighieri

8. Ética Demonstrada à Maneira dos Geômetras
Baruch de Spinoza

9. Do Espírito das Leis
Montesquieu

10. O Primo Basílio
Eça de Queirós

11. O Crime do Padre Amaro
Eça de Queirós

12. Crime e Castigo
Dostoiévski

13. Fausto
Goethe

14. O Suicídio
Émile Durkheim

15. Odisséia
Homero

16. Paraíso Perdido
John Milton

17. Drácula
Bram Stoker

18. Ilíada
Homero

19. As Aventuras de Huckleberry Finn
Mark Twain

20. Paulo – O 13º Apóstolo
Ernest Renan

21. Eneida
Virgílio

22. Pensamentos
Blaise Pascal

23. A Origem das Espécies
Charles Darwin

24. Vida de Jesus
Ernest Renan

25. Moby Dick
Herman Melville

26. Os Irmãos Karamazovi
Dostoiévski

27. O Morro dos Ventos Uivantes
Emily Brontë

28. Vinte Mil Léguas Submarinas
Júlio Verne

29. Madame Bovary
Gustave Flaubert

30. O Vermelho e o Negro
Stendhal

31. Os Trabalhadores do Mar
Victor Hugo

32. A Vida dos Doze Césares
Suetônio

34. O Idiota
Dostoiévski

35. Paulo de Tarso
Huberto Rohden

36. O Peregrino
John Bunyan

37. As Profecias
Nostradamus

38. Novo Testamento
Huberto Rohden

39. O Corcunda de Notre Dame
Victor Hugo

40. Arte de Furtar
Anônimo do século XVII

41. Germinal
Émile Zola

42. Folhas de Relva
Walt Whitman

43. Ben-Hur — Uma História dos Tempos de Cristo
Lew Wallace

44. Os Maias
Eça de Queirós

45. O Livro da Mitologia
Thomas Bulfinch

46. Os Três Mosqueteiros
Alexandre Dumas

47. Poesia de Álvaro de Campos
Fernando Pessoa

48. Jesus Nazareno
Huberto Rohden

49. Grandes Esperanças
Charles Dickens

50. A Educação Sentimental
Gustave Flaubert

51. O Conde de Monte Cristo (Volume I)
Alexandre Dumas

52. O Conde de Monte Cristo (Volume II)
Alexandre Dumas

53. Os Miseráveis (Volume I)
Victor Hugo

54. Os Miseráveis (Volume II)
Victor Hugo

55. Dom Quixote de La Mancha (Volume I)
Miguel de Cervantes

56. Dom Quixote de La Mancha (Volume II)
Miguel de Cervantes

58. Contos Escolhidos
Artur Azevedo

59. As Aventuras de Robin Hood
Howard Pyle